我殺了他

東野圭吾

劉姿君譯

我殺了他

Contents

神林貫弘之章

1

將掛在角落的最後一件淺綠色雨衣從衣架上取下，衣櫥整個清空了。我踮起腳尖檢查上方的架子，再回過頭看看美和子。她正將雨衣整齊疊好，放進一旁的紙箱裡，光澤亮麗的長髮遮住了她半張側臉。

「這樣衣服就全都收完了吧？」我望著她的側臉問。

「嗯，應該沒有遺漏才對。」她手沒停歇地回答著。

「這樣啊。不過要是妳漏掉什麼，隨時都能回來拿的。」

「嗯。」

美和子將雨衣仔細收好，闔上紙箱蓋，接著像在找什麼似地左右張望後，拿起紙箱後頭的膠帶。

我手插腰，環視美和子這不到三坪的房間，房裡擺放著過世母親曾用過的抽屜式舊衣櫃，這裡也已經清空了。美和子所有的衣物，都收在這個舊衣櫃以及另一個複合式衣櫥裡。每天她都會根據天氣、流行以及心情，從眾多衣服中精心搭配出最適合的一套穿去上班。她嚴禁自己連續兩天穿同樣的服裝上班，說是怕被人誤會她外宿。對我這種一週七天都穿同套西裝也稀鬆平常的人來說，這個原則真是麻煩。但看她穿什麼樣的衣服走出房間，倒是我每天早上的一大樂趣。但今後我將再也無法享受這個樂趣了，也是我不得不放棄的事情之一。

美和子將紙箱封好，砰地拍了一下箱子上方。

「好，完畢。」

「辛苦了。」我說。「妳累了吧？吃點東西吧。」

「家裡有什麼？」美和子側著頭想。看她的表情，是在回想家中冰箱有些什麼。

「有拉麵。我來煮。」

「不用了，我來。」美和子彈也似地站起來。

「沒關係，今天就由我來吧。」

我的手環住她的腰，輕輕使力往我這邊拉。這樣的舉動並沒什麼用意，至少我自以爲沒有。但美和子似乎不這麼認爲，她的笑容變得不自然，然後像滑冰選手的舞伴一般，圓滑地旋轉身體離開了我的臂彎。

「我來煮。誰叫哥哥每次都把麵煮得太爛。」說完，她步向走廊，下樓去了。

我望著微微殘留著美和子體溫的手，嘆了一口氣，走向放在淺紫色地毯上的紙箱，抬起它掂了掂重量，發現只裝了衣服的箱子意外地輕。我抱起紙箱，再次望著屋內。郵購買來的廉價架子、母親遺留的衣櫃都還維持原狀，但熟悉的書桌消失了。這讓我不禁回憶起美和子面向深茶色書桌，像畫畫般用鋼筆在稿紙上寫字的模樣。她工作時會使用文字處理機和電腦，但寫詩時一定是手寫。

房間的窗戶面向一條狹窄的私人道路，一陣微帶濕氣的暖風從外頭吹了進來，白色蕾絲窗簾隨之搖曳。我把紙箱放在地板上，關緊窗戶，上了鎖。

我們的家占地有五十坪出頭。一樓除了稍大的開放式廚房外，還有兩間相連的和室，二樓是三個西式房間。這棟房子是父親在快四十歲時蓋的。雖說是他蓋的，但父親其實沒有付頭期款，也沒有向銀行貸款。我聽親戚說，祖父去世後，父親繼承了遺產，但由於繳不起遺產稅，不得已只好將之前住的大宅賣掉，剩下的錢拿來蓋這棟房子。這也是我們神林家失去祖傳土地與房子的經過。

我在一樓的開放式廚房吃了美和子煮的味噌拉麵。美和子用髮夾將長髮別在腦後。

「他家那邊要等旅行回來再整理嗎？」我趁著吸拉麵的空檔問。

「好像也只能這樣了，因爲實在沒時間。明天光準備婚禮和旅行就夠忙了。」

「也是。」

我看了看貼在牆上的月曆。後天，也就是五月十八日，被紅色圓圈圈了起來，這一天即將來到，儘管畫這個紅圈時，我以爲還有段時間。

吃完拉麵，我放下筷子，手肘靠在餐桌上撐著臉。

「那我該怎麼辦才好呢？」

「還是考慮賣掉這裡？」美和子不安地問。

「我還不曉得到底該不該賣掉，也可能租給別人吧。不過無論如何，我不打算繼續住在這裡。一個人住太大了。」

「哥哥，」美和子裝出笑臉說，「你也找個人結婚就好了啊。」

我很清楚她應該是鼓起莫大的勇氣才敢說出這句話，所以我沒有回視她的臉。

「也對，我會考慮的。」

「嗯……」

我們陷入短暫沉默，美和子也放下筷子。碗裡拉麵還沒吃完，但她已經不想吃了。

我望向玻璃窗外的院子，草皮已經長長，雜草變得顯眼。我心想，無論房子是租是賣，最好還是整頓一下。不過若整頓後恢復了原來美麗的樣子，肯定又會捨不得離開。

就我所知，我們的祖先曾擁有可觀財產，但當我成為家族一員時，卻連這個家族曾經風光的殘存樣貌都看不到。父親是在證券公司工作的普通上班族，感覺是個能維持一般生活水準就滿足的人。在這裡新蓋的家，也是極其平凡的房屋。父親打算讓這裡成為二代宅，夢想他們夫妻倆能住一樓和室，二樓由兒子媳婦或女兒女婿住。若是人生能夠順利地走下去，這個夢想應該會實現。然而，突如其來的不幸在他們最掉以輕心的時候降臨了。

那是美和子上小學的第二天。我們的父母為了參加親戚的法事前往千葉，出門後就再也沒回來。父親駕駛的福斯小轎車在高速公路上遭大卡車追撞，這輛以金龜車暱稱聞名的小小車體，被撞飛到對向車道，父母兩人當場慘死。由於頭蓋骨破裂，腦部、內臟均潰不成形，當然連一秒鐘都無法多活。

那一天，我和美和子被父母託付給住在附近的友人，那個人和父親在同家公司上班，當天他帶我們和他的孩子到豐島園去玩。警方通知他的妻子這個黑暗的消息時，我們正搭著雲霄飛車和旋轉木馬。該如何將這場悲劇告訴兩個年幼的孩子，恐怕令她煩惱不已。當她出來迎接從遊樂園玩回來的我們時，那張發灰的臉道盡了她的煩惱。

事後，我十分慶幸這位鄰居叔叔在途中沒有打半通電話回家，否則，我與美和子便無法在回家前渡過這樣如夢般歡樂的時光，那是我們兄妹玩在一起的最後一日。

我和美和子分別被不同的親戚收養。對這兩個家庭而言，各收養一個孩子大概還不成問題，但同時扶養兩人恐怕就負擔不起了。

所幸兩邊的親戚都對我們非常好，甚至還讓我念研究所。儘管我們的養育費來自父母親的遺產及保險理賠金，但我很清楚，要將一個孩子養育成人，並不是有錢就好。

我和美和子分開的那段期間，我們的房子租給父親的公司作爲宿舍。當我們再次搬回這個家時，可以感受到當時借住的人沒有糟蹋這棟房子。

我和美和子在我決定留在大學任職的那一年重返這裡，當時她已是女子大學的學生。

十五年。這是我和美和子分開的時間。兄妹分開生活這麼長的一段時間，是第一個錯誤。而十五年後開始同居生活，是第二個錯誤。

電話鈴響了，美和子迅速拿起安裝在牆上的無線電話機。「喂，這裡是神林家。」

從她的表情變化，便知道是誰打來的。不過，會在星期五白天來電的人本來就不多，學校研究室不大可能會打緊急電話給我，美和子上個月也辭掉了保險公司的工作。若是打給她另一個身分「詩人神林美和子」的電話，雖說白天晚上、平日假日都有，但是那支電話已經遷往新居，這幾天，出版社和電視台的人應該都爲聯絡不上她而乾著急。

「嗯，剩下的行李全都收好了。我正在和哥哥一起吃拉麵。」美和子面露微笑，對著話筒這麼說。

我把兩個拉麵大碗放在流理台後，離開了餐廳。美和子和穗高誠說話時，我不知道該以什麼表情待在旁邊才好。我也不願意讓她看到自己那副模樣。

穗高誠──後天將和美和子結婚的男人，就叫這名字。

美和子很快就講完電話，來敲我的房門。我正對著自己的書桌發呆。

「是穗高打來的。」她有些顧慮地說。

「看得出來。」我回答。

「他問我要不要今天就過去。」

「哦……」我點點頭，「這樣啊。那妳怎麼說？」

「我說這邊還有些事要處理，還是按照原本的計畫就好了。可以嗎？」

「當然可以。」怎麼會不行呢。「但妳眞的要留下嗎？妳也想早點去那邊吧？」

「明晚要住飯店，只有今天過去很奇怪。」

「也是。」

「我去買點東西。」

「嗯，路上小心。」

美和子下了樓梯，幾分鐘後傳來玄關門開啓的聲音。我站在窗邊，俯看她推著腳踏車出門。美和子白色防水外套的帽子，被風吹得膨脹起來。

後天的婚禮預定在赤坂的飯店舉行，從我們在的橫濱到飯店的交通狀況難以掌握，擔心影響預定抵達時間，因此我和美和子明晚就要住進那家飯店。但明天還有很多事情準備，我們必須在那之前先去一趟穗高家。他家位於練馬區石神井公園這個地方。

我們打算開車過去，可以順便運送剛才打包好的紙箱。家具等主要行李，上週已經請搬家公司運走了，明天只要將當時沒搬完的小東西和衣物帶去即可。

穗高誠希望美和子今晚就到他家過夜，仔細想想或許是合理的，這樣才能有效利用時間。而且新郎想和新娘在一起，也是天經地義的事。

即使如此，我仍無法消除對他的不滿。今晚是美和子在這個家渡過的最後一晚了，這麼寶貴的夜晚，爲什麼要被他搶走？我爲此深感不快。

2

這天晚餐我們吃壽喜燒，這是我和美和子都喜歡的料理。我們都不太會喝酒，卻難得喝光兩罐五百毫升的罐裝啤酒。美和子臉頰微微泛紅，我的眼睛周圍大概也紅了。

酒足飯飽後，我們仍坐在餐桌椅上，東拉西扯地聊一陣子，提到我大學時代、她前公司，但完全沒提到結婚或戀愛相關的事。我當然是刻意的，想來她也在迴避這些。

但是，兩天後就要結婚了，卻完全沒有聊到這個話題，也未免太不自然。這份不自然，以尷尬的沉默呈現出來。

「最後一晚終於到了。」我下定決心開了口。這麼做，如同是刻意按住疼痛的臼齒，以此確認疼痛的感覺，來讓自己心安。

美和子淡淡笑著點頭。

「總覺得很不可思議，我以後竟然不住在這裡了。」

「妳隨時都可以回來啊。」

「嗯，不過……」她低了一下頭，然後才繼續說：「要努力不這麼做才行。」

「是啊，當然。」我的右手捏扁了空啤酒罐。「小孩呢？」

「小孩？」

「要不要生？」

「哦。」美和子垂下眼點頭。「他說想要。」

「幾個？」

「兩個。先女兒，再兒子。」

「哦。」

虧我能丟出如此無聊的話題。既然談到小孩，就一定會聯想到做愛這件事。忽然間，我心頭泛起了疑問：美和子是否已經和穗高誠有了肉體關係？我試著去想有沒有什麼辦法可以旁敲側擊，但馬上放棄思考這問題。有沒有都無所謂。就算有，也不成問題；就算現在還沒有，不久後也會發生。

「詩呢？妳有什麼打算？」我改變了話題。事實上這是我由衷關心的問題。

「什麼打算？」

「會繼續寫嗎？」

「當然會。」美和子用力點頭。「穗高先生愛上的不是我這個人，而是我的詩。」

「我想妳應該不至於……只是希望妳小心點。」

「小心？小心什麼？」

「就是，」我揉揉自己的太陽穴，「希望妳不要因爲新生活太忙、太匆促，而失去了原本的自己。」

美和子頷首笑了，露出雪白的門牙。

「我知道，我會注意的。」

「因爲我覺得妳在構思作詩時，看起來最幸福。」

「嗯。」

我們又陷入小段沉默。看樣子，不造成緊張氣氛的話題已經用完。我沒棋子了。

「美和子。」我靜靜地喚道。

「什麼事？」她面向我。

我望著她那雙大眼睛，問道：「妳覺得妳會幸福嗎？」

略微躊躇之後，我的妹妹在聲音裡加入幾分力道回答：「當然。我一定會幸福的。」

「那就好。」我說。

十一點一過，我們便回到各自的房間。我打開音響，播放莫札特名曲CD，開始整理起量子力學的報告。只不過我的工作完全沒有進展，耳裡聽的也不是莫札特。由於這裡可以隱約聽見隔壁房間的動靜，我的注意力完全被美和子奪去。

我換上睡衣，爬上加大單人床的時候，已將近半夜一點，但仍舊毫無睡意。我早就料到會失眠，所以並沒有特別焦躁。

過了一會兒，隔壁傳來小小的聲響，接著是拖鞋與地面磨擦的聲音。美和子還沒睡。

我下了床悄悄開門。走廊很暗，美和子的房門縫隙透出光線，在地板上劃出一條細線。然而這條線就在眼前忽然消失了。她房內又發出小小的聲響，應該是她上床了。

我站在她房門前，在黑暗中凝視著門。彷彿X光透視般，腦海中浮現房內的模樣，甚至連她掛在椅背上睡衣的形狀都看得見。

但我立刻微微搖頭。因爲我想到，這個房間已經不再是我熟悉的模樣。椅子已經連同美和子常用的書桌搬到另一個家。而今晚她睡覺時穿的，應該不是睡衣，而是T恤。

我輕輕敲了兩下門，立刻聽到一聲微弱的「什麼事」。美和子果然還沒睡著。

從門縫透出的光可得知燈再度點亮。門開了，一如我的預料，美和子穿著T恤，衣襬下露出她赤裸纖細的腿。

「怎麼了嗎？」她以略帶困惑的眼神抬頭看我。

「我睡不著，」我說，「所以我想如果美和子也還沒睡，就來聊聊。」

美和子什麼也沒說，只是定定地望著我的胸口。臉上的神情，表明她清楚看穿了哥哥敲門的目的。因爲看穿了，才不知如何回答。

「抱歉，」我受不了沉默，說道，「今晚我想待在美和子身邊。我想這是我們最後一次兩人單獨在一起了。明天要住的飯店，是一人一間房。穗高先生也說他會來。」

「以後我也會常常回來呀。」

「可是，能夠和還不屬於任何人的美和子在一起的時間，只有今晚了。」

我的話讓美和子無言，於是我再往前踏了一步。但她伸出右手，輕輕推了我的胸口。

「我已經決定放下了。」

「放下？」

美和子點點頭。

「不放下，怎麼有辦法跟別人結婚呢。」

聲音低如囈語，但她的話卻像一根又細又長的針，刺穿了我的心臟。除了痛，我還必須承受透寒的冰冷感觸。

「對不起。」

「說得也是。」我垂下頭，吐了一口氣。「當然，妳說得對。」

「不，沒關係。是我自己不知道在想什麼。」

我看到美和子的T恤，畫著貓咪打高爾夫球的圖。我想起那是我們去夏威夷時買的。以後再也不會有那樣的時光了。

「晚安。」我說。

「哥哥晚安。」美和子露出寂寞的微笑，關上了門。

身體好熱。我在床上輾轉反側，卻沒有半點睡意，心想不如直接醒著等天亮吧，但時鐘的指針卻慢得令人好生不耐。我陷入極端可悲的情緒中。

我想起那個晚上。

打亂我們人生的那一晚，世界突然扭曲的那一晚。

那是我和美和子開始同住的第一個夏天。

如果要找藉口，終究是要怪兩人孤單地過了十五年。儘管表面上故作開朗，但心底卻暗藏著如古井般的幽暗。

領養我的親戚非常好，親切熱心，不但視我如己出，也隨時細心留意我會不會有奇怪的自卑感。爲了回應這份關懷，我的舉止也像家庭裡的一分子。我經常提醒自己不要生分見外，有時候也會特意撒嬌。總之，就是扮演一家人。我覺得自己不能太乖，便會做一點壞事，故意讓叔叔他們擔心。因爲我知道，與其始終當個好孩子，不如裝壞再改過，更能討大人的歡心。

我告訴美和子時，美和子一臉驚訝地表示她也一樣。而她也分享了她的經驗。

美和子說她剛被收養時是沉默的小女孩。不和任何人玩，獨自看書。「暫時別勉強她，她還無法從打擊中走出——我身邊的叔叔伯伯這麼說。」美和子回憶著當時笑道。這個不愛說話的陰沉女孩，隨著年齡的增長，漸漸活潑起來了。小學畢業時，已經蛻變爲一個開朗少女。

「然而那全都是演出來的。」她說。「不愛說話也好，慢慢變活潑也好，全都是演的。我只不過是表現出大人容易理解的態度而已。爲什麼要這麼做，我自己也不明白。我想，大概是那時候覺得爲了活下去，自己非得那麼做不可。」

我們談過之後才明白，原來彼此的想法相似得驚人，而且都基於同樣的想法採取行動。「孤獨」是我們的核心。我們心中所追求的，是「眞正的家人」。

同住之後，我們盡可能長時間待在一起。一方面是彌補過去分開的時光，另一方面也是因爲我們醉心於有家人同在的安適。我們像貓一樣互相嬉鬧，體會到身邊有了和自己流著相同血液的人竟是如此幸福，甚至因此而深深感動。

於是，那一夜降臨了。

我吻了美和子，打開了潘朵拉的盒子。如果是吻在臉頰或額頭上應該沒什麼關係，但我親吻的卻是她的嘴唇。

在那之前，我們正貼著臉說話，聊著有關父母的回憶。美和子靜靜地流淚。看著她的眼淚，我莫名感到無限愛憐。

當然，說實話，早在那之前，我心中就有一部分不把美和子視作親妹妹，而是當成年輕女性看待了。對此，我自己多少有所警惕，但並未抱持太多危機意識。我以爲，許久不見的妹妹女大十八變，美得耀眼奪目，是每個人都會有的經驗。我相信只要過一段時間，她對我而言就只會是妹妹。

我認爲我的想法並沒有錯。但是，我卻連這一段時間都無法等待。我內心的縫隙讓潛伏在其中的惡魔有機可乘。

我不知道美和子是以什麼樣的心情接受了當時的那一吻。我猜想，她也和我一樣，內心產生了縫隙，因爲她的臉上並沒有震驚的神色。不如說，更像是確認了早已預知的事似的，露出類似滿足的表情。

當時，包圍著我們的空間與世界脫離，時間也靜止了。至少對我們而言是如此。我用力抱緊美和子。她一度像人偶般動也不動，但不久便放聲哭了出來。她並不是不願意被我抱住而哭的，因爲她的手也環抱了我的背。她哭著呼喊父親和母親。她的聲音，變回十五年前的聲音。也許是因爲經過那麼多年，她終於找到可以放心哭泣的地方了。

爲何我會脫下美和子的衣服，爲何她沒有抵抗，至今我仍不明白。我想她也不明白吧。當時，我只是一心想這麼做——我只能這麼說。

我們在狹小的床上合而爲一。我進入美和子體內時，她痛苦地皺起眉頭。第二天我才知道她是處女。

生澀的結合後，美和子再度發出哭聲。我以嘴唇輕觸她纖細的肩膀，緩緩動起來。

一切彷彿發生在夢中，時間與空間的感覺模糊依舊。我的腦子完全拒絕思考。

即使如此，唯有一種感覺逐漸而確實地烙印在心：我們已從無盡黑暗的長坡往下滑。

3

穗高誠是劇作家，聽說也是小說家。我沒看過他的書，也沒看過由他編寫劇本的電視或電影，所以我無法透過作品得知他的觀念、思考模式。但其實我也不知道是否能從一個人的作品看出這些。

我和穗高見過兩次面。第一次是在東京的咖啡店內，美和子向我介紹他。事前美和子就告訴我她有男朋友，因此我並沒有特別驚訝。第二次見面，是他們決定結婚之後。我是在大學附近一家家庭餐廳內，聽他們公布喜訊的。

無論哪一次，我和穗高面對面的時間都不到三十分鐘。他不時因手機響起而離席，然後宣稱有急事便走了。因此對於他是個什麼樣的人，我完全沒有頭緒。

「他不是壞人。至少他對我非常好。」這是美和子對穗高誠的評價。我心想，那當然了。如果是壞人，對女友又不體貼，根本不配結婚。

總之因爲這種情況，甚至可以說，我今天才頭一次能夠和妹妹的結婚對象好好相處。

五月十七日早上，我開著舊型的富豪車，抵達了位於寧靜住宅區的穗高家。

光就房子來看，我懷疑穗高誠是個自我意識強又傲慢的人，這是四周環繞的高牆和白得與周圍不協調的房子給我的聯想。若問我爲何圍牆高、房子白就會這麼想，我也答不上來，我就是這麼覺得。或許就算圍牆低、房子是黑的，我仍會這麼想也不一定。

美和子去按對講機，我則趁這時打開後車廂，把她昨天打包好的紙箱等行李拿出來。

「還蠻快的嘛。」玄關的門開了，穗高誠現身。他穿著白色針織衫，黑色長褲。

「因爲路上車不多。」美和子說。

「是嗎，那眞是太好了。」穗高朝我看，稍微低頭致意。「辛苦了，一定很累吧。」

「不會，也還好。」

「我來幫忙。」

穗高快步走下玄關前的樓梯，揚起幾乎及肩的長髮。他的動作輕快，實在不像快四十歲的人。我想起曾耳聞他愛打網球和高爾夫球。

「眞是好車。」他一面接過紙箱一面說。

「中古車。」我說。

「是嗎。不過保養得眞好。」

「其實跟咒語是一樣的意思。」

「咒語？」

「嗯。」我看著穗高的眼睛。他似乎不明白我的意思，但仍含糊點頭，轉身背向我。

因爲不好好保養車子，有意外的時候車子就保不住人——我想說的是這個意思。我們的父親就不怎麼愛惜那輛福斯。穗高誠根本不懂我們嘗過的悲傷。

穗高家一樓的客廳相當寬敞，前幾天送來的美和子的行李，有部分就堆在角落，當中並沒有書桌。

玻璃門旁的沙發上，坐著一個身穿灰色西裝、身形消瘦的男子。氣色雖然沒有穗高好，但看來年紀與他相當。男子本來好像在寫東西，但一看到我們便立刻站起來。

「跟你介紹一下，這是幫我經營事務所的駿河。」穗高誠指著他對我說。接著面向他：「這位是美和子的哥哥。」

「你好。恭喜恭喜。」對方一面說著一面遞出名片，上面印著駿河直之。
「謝謝。」我說，也遞出名片。
駿河看名片時雙眼微微張大，似乎對我的工作很感興趣。
「量子力學研究室……好厲害啊。」
「有嗎。」
「厲害在量子力學能獨立成一個研究室啊，可見學校對這個部門相當看重。在這裡擔任助手，下半輩子就不用愁了吧。」
「這就很難說了……」
「下次以這類大學研究室為舞台，寫一部作品如何？」駿河看著穗高說，「請神林先生接受我們採訪。」
「我當然也在考慮。」穗高誠的手環著美和子的肩，對她微笑，「只不過，我不想寫成小家子氣的推理劇。既然要寫，就要寫壯觀的科幻片，場面才好看。」
「在談電影之前……」
「先寫小說，是吧。你想說什麼我都知道。」穗高露出厭煩的神情，然後面向我。
「他的工作就是拉住我，免得我衝太快。」
「我想以後我的工作應該會輕鬆一點，因為現在有了美和子小姐這位強力的伙伴。」
聽了駿河的話，美和子有點害羞地搖搖頭。

「哪有，我什麼都幫不上忙。」

「不，我是說眞的，我對妳寄予厚望啊。基於這一點，這次結婚眞是謝天謝地。」駿河以輕快的口吻說完後，忽然恢復正色看著我：「不過就要讓做哥哥的寂寞了。」

「哪裡……」我微微搖頭。

駿河直之以觀察的眼神一直看著我。不對，「一直」這個說法可能不恰當，也許只是短短幾秒鐘。別說幾秒了，或許才零點幾秒。總之我就是感覺非常漫長。我心想：必須小心提防這個人，在某一方面，這個人比穗高更不能掉以輕心。

穗高誠獨居。他曾結過婚，這棟房子建成時據說是有妻子的，但幾年前分手了。至於他爲何離婚，我全然不知，因爲美和子從未和我說過，但我猜她其實也不清楚。

在保險公司工作的二十六歲粉領族，和一個離過婚的三十七歲作家結婚，需要相當程度的巧合。假如美和子是一般的上班族，他們兩人應該不可能相識。

兩人的緣分始於兩年前美和子出版詩集的時候。

美和子在國三時便開始寫詩，趁著準備大考的空檔，把驀地想到的話語記在筆記本上，寫著寫著，就寫出興趣來了。大學畢業時，已經累積了十多本筆記，著實驚人。

多年來，美和子沒讓任何人看過她的詩，換句話說，我也沒有。但某天來家裡玩的女性朋友偷偷看了她的作品，這個朋友瞞著美和子悄悄抽了一本回家。她這麼做並沒有惡意，而是想讓她在出版社工作的姊姊看。簡單地說，美和子的朋友眞的非常喜愛她的詩。

這份直覺並非美和子的朋友一人獨有。她姊姊看了詩，立刻考慮出版。可說是編輯的直覺出動了。

不久後，這位名叫雪笹香織的女性編輯，便來到我們家，表示想看所有的詩集。她花了很長的時間讀完了所有的詩，當場便向美和子提議出書。她非常積極，甚至對面露猶豫之色的美和子說，她沒得到肯定的答覆前是不會離開的。

之後經過了什麼樣迂迴曲折的過程，我並不清楚，但前年春天，神林美和子的詩集出版了。一如大家所料，這本書完全沒引起注意。雖然已經出版一個月了，我用電腦搜尋雜誌和報紙的書評時，仍舊沒看到任何迴響。

然而，第二個月卻出現了轉捩點。由於雪笹香織強勢要求女性週刊報導，書突然開始暢銷，讀者絕大多數都是粉領族。當初選詩時，雪笹香織便著重在貼近粉領族心聲，這個戰略成功了。書不斷再版，最後終於躋身暢銷書之林。

美和子開始接受各種媒體採訪，甚至還上電視。家裡的電話響個不停，她便牽了另一條電話線。春天必須報稅，我們雖委託會計師處理，四月仍被要求補繳讓人咋舌的稅金，連帶被區公所課徵高得嚇人的居民稅。

但是，美和子並沒有辭掉她在保險公司的正職。就我所見，她從未想成爲另一個人，她努力不讓自己被盛名影響。「我本來就不想出名」是她的口頭禪。

認識穗高誠，似乎是在去年春天。詳細經過我沒聽說，但似乎是透過雪笹香織認識的。穗高大概也曾是她所負責的作家。

他們兩人何時開始私下交往，美和子沒說過，我想將來她也不打算說。我唯一確定他們在去年聖誕節訂下婚約。美和子聖誕夜那晚回來，手指上多了一顆大鑽石，大概打算在進家門前拿下來，卻不小心忘了。她發覺我的視線後，才連忙把左手藏起來。

「最後的致詞，就請眞田大師吧。我們受到他不少照顧，要是爲了一點小事得罪他，以後就麻煩了。」駿河直之看著釘在活頁夾裡的文件說。他坐在沙發前緣，拿著原子筆迅速地在文件上註記。

「會得罪他嗎？」穗高說。

「不無可能。那位大師會挑剔一些小事。要是覺得自己被當成一般人看待，可能會一直記恨。」

「唉，眞累人。」穗高嘆了一口氣，對身旁的美和子笑了笑。

對我而言，參與美和子婚禮的討論，連如坐針氈都不足以形容。如果可以，我很想逃走。但接待神林家親戚的事只能由我判斷，也有些行政工作須由我確認。更重要的是，我沒有逃走的理由。我坐在皮沙發上，像石像般僵硬，沉默寡言地參與美和子成爲別人妻子的典禮程序。在我斜側方的穗高誠，不斷以左手觸碰著美和子，令我分心。

「接著是新郎致詞，可以嗎？」駿河以原子筆尖指指穗高。

穗高歪著頭。

「一直致詞嗎，好無聊啊。」

「可是沒別的東西啊。如果是一般的婚禮，還有向雙親獻花的橋段。」

「別鬧了。」穗高皺起眉頭。他看了看美和子，啪地彈一下手指。「我有個好主意！在新郎致詞前，由新娘來朗誦詩。」

「咦——」美和子睜大眼睛。「不要啦！」

「有沒有適合婚禮的詩？」駿河問，似乎很起勁。

「找一找肯定有的吧？一兩首的話。」穗高問美和子。

「有是有……可是不行，絕對不要。」她不斷搖頭。

「我覺得不錯啊。」說完，穗高一臉忽然想到什麼似地看著駿河。

「乾脆這樣好了，請專家來念。」

「專家？」

「我是說眞正的朗讀家。這主意眞不錯啊，既然要做，順便配上音樂好了。」

「婚禮是明天，現在才去找專業的朗讀家？」駿河露出「饒了我吧」的神情。

「這不就是你的工作嗎。麻煩你了。」穗高蹺著腳，朝駿河的胸口一指。

駿河嘆口氣，在文件上寫了些字後說，「我去問問看。」

這時候，玄關的門鈴響了。

美和子取下裝在牆上的對講機聽筒，確認對方姓名後，說聲「請進」，便掛了聽筒。

「是雪笹姊。」美和子對穗高說。

「監察院出馬了。」駿河說著，露出奸笑。

美和子去玄關帶雪笹香織進來。這位能幹的女編輯穿著白色套裝，令人感到嚴肅的氣質。髮型也好、背脊挺直的姿勢也好，我每次看到她，都會想起寶塚的男裝麗人。

「打擾了。」雪笹香織向我們三個人說。「就是明天了呢。」

「我們正在做最後的討論。」駿河說。「務必要借用妳的智慧。」

「在那之前，我想先解決一件工作。」她看著美和子。

「散文的原稿對吧，我這就去拿。」美和子離開客廳往樓上走去。

「結婚前一天還要新娘子工作，眞有妳的。」穗高坐著說。

「這是在誇我嗎？還是……」

「當然是誇獎啊，還用說嗎。」

「多謝誇獎。」

雪笹香織客氣地低頭行禮，抬起頭時，她的視線與我交會，神情顯得有些拘謹。這是我們第二次見面，但不知爲何，她偶爾會露出這樣的神情。

雪笹香織將視線從我身上移開，轉向遠方，就在這時候，她長形的眼睛突然睜大，猛吸了一口氣。

她的表情讓我們三個男人的目光都跟隨著她的視線一同轉向。她望著玻璃門那邊，隔著蕾絲窗簾，見得到鋪了草皮的院子。

院子裡站著一名長髮女子。她一臉失魂落魄的模樣，直勾勾地盯著這邊。

駿河直之之章

1

看到站在那裡的女子，一時之間我的心臟猛撞胸腔，幾乎喘不過氣來。

那個穿著白色飄逸洋裝佇立的女子，那個表情活像幽魂的女子，是浪岡準子沒錯。

準子雖然面向我們，不過看的當然只有一個人。她表情儘管空洞，但目光只注視著一個焦點：穗高。

我花了兩秒鐘掌握狀況，接下來又花了兩秒思考該如何處理。

穗高只是一臉喪膽地僵在原處，其餘兩人也沒出聲。雪笹香織應該不知道她是誰，神林貴弘更不可能認識她，這是不幸中的大幸。最幸運的，是神林美和子不在場。

「準子。妳怎麼突然來了？」我站起來，打開玻璃門。即便如此，她仍然沒有看向我。我繼續說：「工作呢？已經下班了？」

她的嘴唇微微蠕動，好像說了些什麼，但我聽不見。

我穿上放在外面的男用涼鞋，站在浪岡準子前，好擋住她射向穗高的視線。當然，不讓屋裡的神林貴弘和雪笹香織看到準子夢遊似的神情，也是我的目的之一。

準子終於看向我了。她好像這時候才發現我在場，露出驚訝的表情。

「到底是怎麼了？」我小聲問。

準子雪白的臉頰轉眼泛起紅潮，眼睛開始充血。我彷彿聽到淚水泉湧而出的聲音。

「喂，駿河，沒事吧？」回頭一看，穗高從玻璃門裡探出頭來。

「沒事。」我回答，一面自問：怎麼會沒事？

「駿河，」穗高又小聲叫了一次，「你處理一下，別讓她發現。」

「我知道。」我沒看他便回答。這個「她」指的當然是神林美和子。玻璃門關上的聲音傳進耳裡，現在穗高滿腦子一定只想著該如何向屋裡的兩位客人解釋這個狀況吧。

「我們到那邊去吧。」我輕推浪岡準子的肩膀。

準子微微搖頭，露出柔腸百結的眼神。那雙眼睛終於開始泛出淚光，眼淚瞬間膨脹。

「到那邊把事情說給我聽。一直站在這裡也不是辦法，是不是？走吧。」

我稍稍用力推了準子一下，她好不容易移動了腳步。這時我才發現她手裡提著一個紙袋，但看不見裡面裝了什麼。

我把她帶到從客廳看不見的地方，那裡正好有一張小椅子，我讓她坐下。椅子旁架著高爾夫球練習網，看來這張椅子大概是穗高在練球空檔用來休息的。椅子旁邊放著幾個花盆，種了黃色、紫色的三色菫。我想起穗高曾說過，這些是神林美和子買來的。

「準子，妳來這種地方做什麼？而且連門鈴也沒按就突然跑到院子偷看屋內，一點都不像妳。」我以跟小女孩說話的語氣詢問。

「那……人嗎？」她總算喃喃開口了，但我還是沒有聽清楚。

「咦？妳說什麼？」我把耳朵挨近她嘴邊。

「就是……那個人嗎？」

「那個人？妳說誰？」

「在屋裡的人。穿著白套裝，短頭髮的人……她就是要和誠哥結婚的人嗎？」

「哦。」我終於明白準子說什麼了。她看起來只注視著穗高一人，但並非如此。

「不是的，」我說，「她是編輯，只是爲了工作剛好來這裡。」

「那穗高先生的對象是誰？」

「對象……」

「穗高先生要結婚了不是嗎？我聽說了。她現在在這裡吧？」準子彷彿將至今按捺住的情緒全部釋放出來般地質問我。她的臉頰已經被淚水濡濕了，看著她臉頰的輪廓，我心想，她什麼時候瘦成這樣的？以前她的臉頰有著如雞蛋般圓潤柔美的曲線。

「她不在這裡。」我說。

「那她在哪裡？」

「這……我也不知道。妳問這個做什麼？」

「我想看看她。」準子轉向客廳，準備站起來。「我去問誠哥。」

「喂，等等，等一下，妳先等一下。」我雙手按住她的肩膀，再次讓她坐下。「妳也看到他剛才的態度了吧？我很不想這麼說，但現在他並不想見妳。我知道妳現在很不滿，但今天妳能不能忍耐一下，先回去好不好？」

聽了我的話，準子好像看到什麼不可思議的東西般看著我。

「我什麼都沒聽說。誠哥竟然要結婚了……不是和我，是和其他女人結婚！我一直到最近才知道……而且不是他親口說的，還是從醫院的客人那兒聽來的……我打電話想和他確認，可是他卻馬上掛斷。你說，怎麼會有這麼過分的事？」

「他的確很過分，所以我一定會叫他向妳正式道歉的。我保證。」我跪在草地上說，雙手仍按著她的肩膀。必須如此懇求她，令我感到萬分可悲。

「什麼時候？」準子問，「他什麼時候會來？」

「很快，不會讓妳等很久的。」

「現在就叫他來。」準子睜大她那雙杏眼。「把他帶來這裡。」

「別強人所難啊。」

「那只好我去找他了。」說完她便站起來。由於力道太過強勁，我按不住她的肩膀。

「等等！」我因為雙膝跪地，一時無法站起來，我只好瞬間抓住準子的腳踝。

她輕輕尖叫一聲，跌倒了。紙袋離開她的手。

「啊，抱歉。」我想把她扶起來。這時我看到紙袋裡掉出來的東西，令我全身僵硬。

那是一束花，新娘子在婚禮上拿的捧花。

「準子……」我看著她的側臉。

她以四肢著地的姿勢，茫然望著捧花，接著像忽然清醒般，連忙將花放回紙袋。

「準子，妳拿這個幹嘛？」

「沒什麼。」準子起身。白色衣服的膝蓋有點弄髒。她輕輕拍一拍，接著轉身。

「妳要去哪裡？」我問。

「回家。」

「我送妳。」我也站了起來。

「不用了，我自己會回去。」

「但是……」

「你不要管我。」她抱著紙袋，像機器人般踩著僵硬的步伐，朝玄關走去。我目送她的背影離開。

直到她的身影消失眼界後，我返回客廳。玻璃門被人鎖上了。因爲有蕾絲窗簾擋住的關係，不知道裡面有沒有人。我以指尖輕輕敲了幾下玻璃門。

裡面有聲響。窗簾掀開，出現神林貴弘神經質的臉。我堆起笑容，指指玻璃門的鎖。

神林貴弘面無表情地開了鎖。實在很難看出這個人在想些什麼。

我打開玻璃門進入室內，但不見穗高、神林美和子和雪笹香織的身影。

「穗高他們呢？」我問神林貴弘。

「在二樓書房。」他答道。「說是要談工作的事。」

「原來如此。」想必是穗高為了不讓神林美和子聽到我和浪岡準子的談話，才會如此應變。「那你呢？」

「文學的事我不懂，所以很快就下來了。」

「你在這裡做什麼呢？」

「沒什麼。」神林貴弘冷漠地回答後，便坐上沙發，攤開放在旁邊的報紙。

我暗自思索，不知他是否聽到我和準子的對話？要是聽到了，他是否會猜出準子是什麼人？但這種事我又不能問他。要是神林貴弘主動問起剛才那名女子是誰，我至少還可以藉機打探，但神林一副漠不關心的樣子，只顧看報紙。

「那我也去二樓一下。」我知會他一聲，但他沒回應。眞是個冷淡的怪人。

我上了二樓，敲敲書房的門。穗高應了一聲。

開門只見穗高坐著，把腳蹺在窗邊的書桌上。神林美和子坐在書桌對面，雪笹香織則是雙手抱胸，站在書架前。

「你來得正好，」穗高看著我說，「盡盡你經紀人的義務，快來說服這兩位小姐。」

「什麼事？」

「我們在討論把美和子的詩改編成電影。這個提案怎麼看都對美和子百利而無一害，但她們就是不同意。」

「關於這一點，我也不同意。你答應過暫時不碰電影的。」穗高拉下臉。

「又不是現在馬上拍。是準備，準備啊！我是說先把約簽下來。這麼一來，就省得一些閒雜人等來問東問西，美和子也可以專心創作。」後面幾句話是對著神林美和子說的，因此臭臉換成了討好的笑容。

「美和子認爲影視化會讓形象固定，所以目前完全不考慮。穗高先生既然即將成爲她的丈夫，這一點就必須請你多加理解。」雪笹香織以嚴肅的語氣說。

「我當然理解。正因爲即將成爲她的丈夫，才要爲她打算。」接著穗高以安撫的聲音向未來的妻子說道：「不是嗎？美和子，妳願意交給我處理嗎？」

神林美和子也一副被軟化的模樣。但她厲害的地方就在於，儘管散發出隨時都會讓步的氣氛，卻絕對不會退讓。

「你的心意我很高興。可是老實說，我不知道該怎麼辦才好。誠哥，不必這麼急吧？你再多讓我考慮一下嘛。」

神林美和子的話，讓穗高露出難以形容的複雜笑容。我知道這是他焦躁時的習慣。他做出雙手高舉的姿勢，面向我說：

「看到了吧，一直這樣無限迴圈，所以我正想要一個幫手啊！」

「整件事我都明白了。」

「那就交給你了。這是你的工作。」穗高把腳從桌子上放下來，伸手從面紙盒抽了一張面紙，大聲擤鼻涕。「傷腦筋，藥效好像過了，我明明剛剛才吃的。」

「有藥嗎？」神林美和子問。

「有，別擔心。」

穗高繞到書桌的另一側，打開最上面的抽屜，拿出一個小盒子。盒蓋是打開的，裡面是一個瓶子。穗高打開瓶蓋，取出一顆白色膠囊，隨意扔進口中後，拿起書桌上喝了一半的罐裝咖啡，咕嘟一聲把藥吞下去。他吃的是一般的鼻炎藥。穗高以美男子自居，因此過敏性鼻炎這個老毛病相當困擾他。

「用咖啡配藥好嗎？」神林美和子問。

「放心啦！我一直是這樣吃藥的。」穗高關上瓶蓋，把瓶子從包裝紙盒裡拿出來，遞給她，盒子則丟在旁邊的垃圾桶裡。「幫我一起收在妳的行李裡，我今天不會再吃了。」

「明天婚禮前要吃吧？」

「樓下有藥盒，等會放兩顆進去，我會帶在身上。」說完，穗高又擤了一次鼻涕，看著我問：「我們說到哪了？」

「電影的事。不如等蜜月旅行回來再說？」我提議。「美和子小姐今天也無心討論這些吧？再怎麼說，明天就是大日子了。」

神林美和子看著我，盈盈一笑。穗高嘆了一口氣，指著我。

「好吧。那蜜月期間，一些細節的部分你要先處理好，知道嗎。」

「我知道了。」

「好，這件事就到此爲止。」穗高活力十足地站起來。「大家一起去吃個飯吧！我發現了一家很棒的義大利餐廳。」

「在那之前，還有一件事，」我對穗高說，「菊池動物醫院的事。」

穗高的右眉和嘴角微妙地彎曲了。

「我們說好要去那裡取材，」我向神林美和子她們說，「所以要稍微討論一下。」

「那我們倆先離席吧。」雪笹香織說。

「也好。」神林美和子也站起來。「我們去隔壁房間。」

「五分鐘後出發，要準備好哦。」穗高朝她們背後說。美和子微笑點頭。

「你什麼都沒向她解釋嗎？」我等隔壁房門關上才開口。這裡的她指的是浪岡準子，就算穗高再怎麼遲鈍也應該明白。

穗高搔著頭，再次坐回書房的椅子。

「有解釋必要嗎？」穗高冷笑。「和別的女人在一起，爲何要特地向她報告？」

「她一定無法接受的。」

「解釋了她就能接受嗎？跟她說，我要和美和子結婚了，她就會乖乖死心嗎？說不說都一樣啦。無論我怎麼講，那女人都不會接受的，只會一直死纏著我罷了。像那種人，唯一的辦法就是不去理她。你不理她，不久她就會死心的。最好別去關心、去道歉。」

我雙手手指交扣，不用力扣緊的話，只怕我的手會發抖。

「以你的立場，就算被要求賠償金也無話可說。」我說。要把聲音壓低、強裝平靜，實在不容易。

「為什麼？我又沒有答應和她結婚。」

「你要她去墮胎啊！你該不會忘了吧？是我說服了她，帶她去醫院的。」

「這代表墮胎是經過她同意的啊。」

「因為她以為將來能和你結婚。我是這麼說才讓她同意的。」

「那是你自作主張答應她的，又不是我。」

「穗高！」

「別那麼大聲，隔壁會聽到的。」穗高皺眉。「好，那這樣，我給錢。這樣行吧？」

我點點頭，從上衣口袋裡取出記事本。

「金額方面，我會和古橋律師討論後再決定。」我說出我們認識的律師名字。「還有，錢你要親手交給她。」

「你饒了我吧！我都說了，這根本沒意義。」穗高從椅子上起身，邁步向門。

「她只是想聽你親口道歉而已。一次就好，就這麼一次，你去見她，和她談談。」

可是穗高搖搖頭，指著我的胸口。

「談判是你的工作，你去想辦法。」

「穗高……」

「就這樣了，去吃飯。」穗高打開門，看了看表。「不必讓她們等到五分鐘嘛。」

看著走向隔壁房間的穗高後頸，我心中泛起一股衝動，想拿手裡的原子筆尖刺進去。

2

大家都下了樓，只見神林貴弘坐在沙發上看報紙，姿勢和剛才一模一樣。美和子向他提出一起出門用餐的邀請，他臉上不見喜色地站起來。

「咦？」穗高打開牆邊置物櫃抽屜後發出了聲音。他手裡拿著一個小小的銀色懷表狀物品，但那不是懷表，而是他常用的藥盒。我曾聽他說過，那是他前段婚姻時和前妻買的一對相同的藥盒。

「怎麼了？」神林美和子問。

「沒事，我剛打開這個藥盒一看，原來裡面還有兩顆藥。」

「那有什麼不對嗎？」

「因爲我記得已經空了。奇怪，是我記錯了嗎？」穗高思忖。「不過也沒什麼，明天就吃這兩顆好了。」

「不知道是什麼時候的藥，還是別吃了。」

聽準新娘這麼說，穗高停下本來準備蓋上藥盒的手。

「有道理。那這些還是丟掉吧。」說著，他把藥盒裡的兩顆藥丟進旁邊的垃圾桶，然後將藥盒交給神林美和子。「待會可以幫我把藥裝進去嗎？」

「好呀。」她把藥盒裝進自己的包包裡。

「好啦，我們出門吧！」穗高輕拍了一下手。

餐廳位在住宅區，就在距離穗高家車程十分鐘的地方。若是沒注意招牌，看起來就像是一戶時尙的洋房民宅。

穗高、我、神林兄妹，以及雪笹香織共五人，圍著店內深處的餐桌而坐。時鐘的指針已略微超過午後三點，或許是因爲這種不上不下的時間，店內沒有其他客人。

「也就是說，就算外表極其相似，內容其實完全不同。」穗高揮著叉子說。「美國和日本對棒球的感情不同，棒球本身的歷史也不同，一般民眾對棒球的關心也截然不同。這一點我不是不了解，但程度卻超乎我的預期，才會導致上一部作品失敗。」

「雪笹小姐也說不只電影，主題是棒球的小說也不賣。」神林美和子看著雪笹香織。

雪笹一邊將海膽義大利麵往嘴裡送，一邊微微點頭。

「乍看是熱愛棒球的國家，實際上不如發源地那麼普及和深入。你們想想，竟然有不看棒球比賽，只熱中加油的球迷，這種現象本來就很怪。這次學到不少教訓。」

「你是說，以後不會再以棒球爲主題了？」

「是啊，我學乖了。」說著，穗高喝了義大利啤酒。

我們聊的是穗高去年拍的電影。這部片的劇本由他執筆，描寫職業棒球的故事。當初的目的是不光以此爲題材，還要盡可能貼近職棒的世界。或許眞的達到目的了，電影受到部分電影迷和專家的好評，但票房卻慘兮兮，只爲穗高企畫增加了借款。

穗高似乎認爲既然棒球電影在美國能賣座，那麼只要拍出好作品，在日本應該也會受歡迎，但我不以爲然。日本影迷已經對國片死心了，尤其只要聽到是棒球電影，就會以爲是那種只爲搭職棒人氣順風車，隨便拍拍的片。要洗刷這樣的污名，並不容易，所以打從一開始，我就一直主張這個企畫很危險，但穗高聽不進去。

以棒球爲主題的小說，不暢銷的原因和背景，則與電影不同。像《大聯盟》這些美國片在日本雖然也賣座，但從來沒聽說過棒球翻譯小說登上暢銷排行榜的。

既然穗高不明白這些基本道理，最好是阻止他拍電影——這是我的想法。我承認他有才華，但這個世界未必事事都順理成章。

我拿叉子捲著蒜味辣椒麵，一面偷看穗高。他的個性是只要有三人以上的聚會，不讓他當大王就不高興，所以從剛才就一直大談自己的事。我佩服他竟然有這麼多話可說，我心想，這點他倒是一點都沒變。

我和穗高在大學是同一個社團，電影研究會。那時候他的志願就是當電影導演。社團成員包括地下社員在內，大概有幾十個人，但認眞想走電影這條路的，大概只有他。

然而穗高卻以我們這夥人完全沒想到的路徑，實現了他的夢想。他的第一步是從寫小說開始，除了寫以外，他還投稿某新人獎，而且順利得獎。

他先以小說家的身分做出成績，然後才接觸劇本。契機來自於他的作品拍成電影時，由他親自寫劇本。當時他的小說是暢銷書，電影也十分賣座，使得他後來的路輕鬆許多。

他在七年前成立事務所，這不僅是節稅，也是將事業版圖擴及電影所布的局。

穗高就是在那時候主動和我聯絡的。他表明希望我到他的事務所幫忙。

老實說，這邀約對我而言是順水推舟。之所以這麼說，是因爲當時基於某些原因，我即將失業，但我也無法立刻允諾他。總之，那時我處於相當窘迫的狀況。

我當時在汽車輪胎製造公司擔任會計，工作枯燥，每天都過得很無趣，於是我不小心就染了賽馬的賭癮。一開始小勝嘗到甜頭，以後每週都買馬券。但我本就不具備賽馬的知識與技巧，就算具備了，也不能保證每賭必贏。

我立刻就輸光積蓄，若是至此收手也就沒事了，我卻爲了彌補損失，進了地下錢莊。只要中一次大的，一切就會搞定——現在回想起來，眞的很傻，但當時我是眞心抱著這個夢想，所以將借來的錢全部投入賽馬。

結局可想而知。爲抵消不斷成長的借款，我動用了公司的錢。我設了一個空頭公司，進行假交易，把公司的錢匯進那裡的戶頭。我熟知上司會檢查會計的哪些部分，只要那些數字沒有出現矛盾，暫時就不會敗露。

但眞的是「暫時」而已。某天課長因爲另一件事查閱紀錄，發現我挪用公款，立即把我叫去質問。我老實招認了，我知道遲早會有這一天。

「你想辦法在這個月內把帳款補回來，」上司說，「這樣我就不會公開此事，只有我知。事成後你就遞辭呈，這樣還有退職金可領。」

課長應該是怕自己也會因爲督導不周被追究責任，才這麼說的，但對我而言確實是法外開恩。問題是我該怎麼補這個大洞，所需的金額超過一千萬，連我自己也有點被嚇到。

見到穗高時，我老實把這件事告訴他。心想，如果他認爲不能把事務所交給一個手腳這麼不乾淨的人，我就完了。

然而穗高對這事卻不怎麼驚訝。不僅如此，他甚至還要幫我代墊。

「別爲那麼一點小錢煩惱，只要和我聯手大賺一票不就行了嗎。要賭的話，我這邊比賽馬有趣多了。」

帳面的虧空得以彌補，不必因爲盜領公款吃官司，而且還找到下一份工作。我覺得幸運突然降臨在我身上，當場便接受穗高的提議。

當時，穗高的工作行程滿檔。他不但是暢銷小說家，也是炙手可熱的劇作家，再加上又想參與電影製作，的確有必要成立事務所來管理。我的第一個任務就是召募工讀生，可見他有多忙碌。

不久我便明白穗高選我作爲搭檔的理由。某天，他對我說了這番話：

「你能不能在下週前想出兩三個故事？秋季單元劇要用的。」

這句話讓我驚愕得睜大了眼。

「想故事是你的工作吧？」

「我知道，可是我很忙，顧不到那些了。你隨便寫就可以，只要有個樣子就行。你在學生時代不是寫了一些劇本嗎？從那裡面選就行了。」

「那種東西在成人世界是行不通的。」

「沒關係，只要能應付過去就好了，事後我再慢慢想些眞正可行的東西。」

「那我就試試看好了。」

我將以前想的三個故事整理好，交給穗高。結果這三個故事全都以穗高作品的名義問世，其中之一還出版成小說。

之後，我又爲他提供多次自己的創意。我既不打算以創作者出道，也知道無論什麼作品，只要以他的名字推出便能賣得更好的價錢，因此我並未感到不滿。最重要的是，我欠穗高一個大人情。

穗高企畫原本一帆風順，但從某個時期起，前方卻開始暗潮洶湧，原因在於穗高正式涉足電影製作。

不僅是原作、劇本，穗高連製作、導演都想自己來。我主要的工作變成尋找贊助商和上銀行，穗高則是大方揮霍我籌來的經費。就這樣拍出的兩部電影，都只留下負債。要不是我把票硬銷給贊助企業，情況一定更淒慘。

我堅決反對穗高企畫今後再參與電影製作。我本身很喜歡電影，眞要拍電影又是另一回事。我反對的理由不純粹是拍電影不賺錢。我怕他一心只想著拍電影，荒廢了小說、劇本這些本來的工作。過去這一年來，他幾乎沒從事像樣的創作。一向以寫稿爲收入的人如果不再寫，錢的來源自然就斷了。穗高企畫戶頭裡的餘額，轉眼愈來愈少。

穗高和我的想法完全不同。他深信要重返繳稅大戶排行榜，就必須推出賣座電影。他還有個信念，賣座電影不能沒有話題。

於是神林美和子的名字便出現了。

穗高之所以注意她，只因爲她是話題女詩人。他拜託兩人共同的編輯雪笹香織安排與她見面。他們見面之後，經歷過什麼事，詳情我不清楚，等我察覺時，兩人已經交往了，不僅在一起，還說好要結婚。

我不太了解神林美和子這個人。應該說，我幾乎不了解她才對。但從我的眼光來看，我不覺得她具有令穗高決心再婚的女性魅力，我甚至認爲她欠缺身爲女性魅力的某個重要關鍵。硬要說的話，她的美是美少年的美。以美少年來形容女性固然奇怪，但總之自認是正常男性的我，從她身上完全感受不到異性的性吸引力。看到年輕女孩時，我常會不由自主地想像衣服底下的樣子，對她卻從來沒有這種想法。她身上有些什麼讓人不想這麼做。

當然如果穗高就是迷上她這一點，我也無話可說，但就我所知，她並不是穗高喜歡的類型，因此聽到他們兩人在交往時，我有種不愉快的預感。

當穗高首次說起要將她的詩拍成電影時，我覺得我的預感果眞沒錯。

「做成動畫，絕對大賣。」我還記得穗高站在書房窗邊揮著拳頭的模樣。「製作公司那邊我已經打點好了，只剩下執行而已，這樣就可以谷底翻身了。」

頭一次聽到的時候，我只覺得全身寒毛直豎。

「她答應了嗎？」我問道。

「我會讓她點頭的，我可是她未來的丈夫呢。」穗高抽抽鼻子。

從他的表情我聯想到某事，於是我故作玩笑地問：

「聽你說的，簡直就像是爲了這個才跟她結婚似的。」

穗高苦笑辯解：「怎麼可能！」他的笑讓我安心了。但他緊接著說：

「不過呢，我認爲這樣應該能改變運勢。」

「運勢？」

「她很特別。」他說。「在這個時代，詩要獲得好評，就表示一定具備了什麼特別的東西。她的人氣不是一時的，只要把這種寶物據爲己有，絕對不會吃虧。我們一定也會分到她的好運。」

「你的結婚動機聽起來眞是不單純……」

「當然不止這樣。但可以說，假如她只是個名叫神林美和子的普通粉領族，我是絕對不會跟她結婚的。」

我大概是露出了厭惡的表情，穗高低聲笑著加了一句：

「何必擺出那種臉。我這把年紀了，若要再婚，在喜歡之餘，要求點其他附加價值也不爲過吧。」

「你是眞心喜歡她嗎？」

「喜歡啊，勝過其他女人。」穗高一臉正色，大言不慚地說。

這次的對話雖然令人不快，但更令我心寒的，是在不久之後，我提到了類似穗高不可以和她離婚這種意思的話。我的論點是，和神林美和子離婚，只會破壞他的形象。

「目前我沒有這種打算。同樣的苦頭我也不想再嘗一次啊。」說完，穗高露出略微躊躇的表情，然後才開口。「只不過，有一點讓我放心不下。」

「什麼事？」

「美和子的哥哥。」穗高回答，嘴角都歪了。

「她哥哥怎麼了？」

穗高冷笑，露出爬蟲類般的眼神。

「美和子的哥哥喜歡她，千眞萬確。」

「什麼？」我張大了嘴。「他們是親兄妹啊。」

「聽說他們長久以來都沒有一起生活。美和子並沒有明說，我是從她隻字片語中微妙的語意聽出來的。她哥哥把她當作女人看待，實際見面後，我就確定了。」

「怎麼可能。是你多心吧？」

「你見到他就知道了。哥哥不會那樣看妹妹。搞不好美和子也把哥哥當異性看待。」

「這種話虧你說得出來。」

「因爲我認爲，這祕密或許就是她神祕感的所在。再說，她在和我結婚之前愛著誰，我才不管，就算是血脈相連的哥哥也一樣。我只祈禱他們沒有肉體關係。怎麼？你看起來很不舒服啊。」

「我覺得很噁心。」

我的話讓穗高無聲地笑了。

「男人和女人之間，以後會怎麼樣沒人知道。也許我也會有跟美和子分手的一天，到時我會把這件事搬出來。我會這麼說：這件事一直盤踞在我腦海，我就是看不開……多感傷啊！保證會成爲社會焦點。」

我聽著穗高的話，覺得背上起滿雞皮疙瘩。究竟是對什麼感到寒意，我也不清楚。總之情況並不正常，這個想法占據了我的心頭。

3

放在胸前口袋的手機響了，好像是我忘了關電源。大家正各自享用著主餐，我面前的盤子上有三隻長臂蝦。穗高明顯露出不悅的神色。

「不好意思。」我離席走到廁所，在客人看不見的地方按下通話鍵。「喂？」

一陣雜音後，聽到小小的說話聲。「……喂？」

我立刻明白是誰。

「準子？」我盡可能以沉穩的語氣小心翼翼地說，「怎麼了？」

「請轉告……誠哥……」

「咦？」

「請轉告誠哥，我在等他。」

浪岡準子的聲音混著哭音。聽得到她吸鼻子的聲音。

「妳現在在哪裡？」

我問她，但沒有得到回答。不祥的預感讓我感到非常焦急。

「喂，準子，妳在聽嗎？」

她說了些什麼。「咦？妳說什麼？」我重問一遍。

「……堇好美。」

「咦？妳說什麼很美？」

我問的時候，電話已經掛斷了。

我將手機放回口袋思索。浪岡準子從哪裡打來？她爲什麼要打電話？她說什麼很美？

我舉步準備回座，忽然靈光一閃。就像一片雜音通過濾波器，化爲清晰語言。

她說的是三色堇。三色堇好美——

黃色與紫色的花瓣出現在我眼底。我邁開大步。

「穗高，你來一下……」我仍站著，在他耳邊低語。

穗高立刻皺起眉頭。

「幹嘛？有話在這裡說啊。」

「有點事，一下就好。」

「眞受不了你。是誰打來的電話？」穗高拿餐巾擦擦嘴角，站了起來。「抱歉，請別在意，繼續用餐。」他對神林貴弘說。

我把穗高帶到剛才那裡。

「你現在立刻回家。」我說。

「爲什麼？」

「浪岡準子在等你。」

「準子？」穗高嘖了一聲。「夠了沒？那件事已經結束了吧。」

「她有點怪怪的，現在好像在你家院子裡。她說她在等你。」

「她等我做什麼？眞是的，那女人……」穗高搔搔下巴。

「總之你最好早點回去。你也不希望別人看到她吧。」

「傷腦筋。」穗高咬著嘴唇，視線不安地移動，然後以下定決心的表情轉向我。「你去看看情況。」

「她等的是你。」

「我這邊有客人，你要我把客人丟下嗎？」

「客人？」

我一臉愕然。把神林貴弘當客人，真叫我吃驚。我實在懷疑這個人的神經是怎麼長的，竟然能一本正經地說出這種話。

「拜託你了。」穗高把手放在我肩上，一臉示好的樣子。「想辦法打發她走。你比我更了解準子，不是嗎。」

「穗高……」

「美和子他們會覺得奇怪的。我先回座，你回家去看看。我會向他們解釋的。」說完，穗高也不等我回答，便折回座位。我連嘆氣都不想嘆了。

離開餐廳後，我在大馬路上攔了計程車。一想到浪岡準子是以什麼樣的心情等著穗高，我的心就陣陣刺痛。事情會變成這樣，一部分也要怪我。

我比穗高更早認識準子。我們住同一棟公寓，有一次在電梯裡她向我搭話，我們才認識的。話雖如此，但她感興趣的並不是我這個三十好幾的男人，而是我提在手上的籠子，裡面有隻母的俄羅斯藍貓。貓如今仍在我屋裡，我們住的公寓是可以養寵物的。

牠好像感冒了——這是她對我說的話。

「妳看得出來？」我問。

「是呀。看過醫生了嗎？」

「沒有。」

「最好早點去看哦。不嫌棄的話，請參考一下。」她遞出一張名片，上面印著動物醫院的名字，她在那裡當助手。

第二天我帶貓到準子上班的醫院。她記得我，一見到我便盈盈一笑。很有活力的笑容。我的貓是當天最後一個診治的，因此診療之後我們又聊了一下。她是個天眞爛漫、愛笑的女孩。她的開朗安撫了我的心。但話題一轉到動物時，她的眼神便無比認眞。提到一些不負責任的飼主時，她雙手在膝上緊握。這樣的反差對我而言十分新鮮。

我以貓爲藉口，去了好幾次醫院，後來便試著約她去喝咖啡。準子沒有拒絕。而在咖啡店裡，她對我的神情，也和在醫院時一樣開朗。

我很清楚自己愛上了準子，但將近十歲的年齡差距，令我不敢積極採取行動。在此之前，我不曾和這麼年輕的對象交往過。

有一次我們談到我的工作，之前我沒有詳細說過自己的職業。

一提到穗高誠的名字，準子的眼神就變了。

「我是他的忠實讀者！原來駿河先生是穗高誠事務所的人呀！嚇我一跳，好厲害哦！」她握在胸前的拳頭激動得發抖。

「既然妳這麼喜歡他，下次我幫妳介紹吧。」我說。當時我並沒有多想。

「眞的嗎？可是，不會很麻煩嗎……」

「怎麼會麻煩呢，管理他工作的人就是我啊。」我故意拿出記事本，翻開工作行程給她看。現在想來眞傻，要是有心思爲這種事情自豪，不如多想想該怎麼約她上賓館。

幾天後，我帶浪岡準子到穗高家。準子是美人，我料想穗高不會給臉色看，果不其然。當晚我們三人一起外出用餐，準子一臉置身夢境的神情。

吃過飯，我準備送她回家時，穗高在我耳邊低語：

「眞是個好女孩。」

我轉頭看穗高。那時候他的視線已經望向走在前方的準子背影。

大約兩個月後，我才發覺自己犯了大錯。有天我去穗高家時，準子人在客廳，不僅如此，還幫我和穗高泡咖啡。看到她站在廚房的身影，我明白了一切。

儘管受到打擊，我仍不露一絲痕跡，甚至以消遣的表情問穗高：

「什麼時候開始的？」

「一個月前吧。」他回答。我想起準子開始拒絕我的邀約，大概就是從那時候起。

我不知道穗高怎麼樣，但準子不可能沒發覺我的心意。她大概也覺得過意不去吧，當天我們兩個單獨在一起的時候，她小聲對我說了句對不起。

「沒關係。」我回答。我沒有資格指責她。只能怪我自己遲遲不追求她。

幾個月後，我再度後悔讓她和穗高認識，因爲她懷孕了。穗高爲了這件事找我商量。

「你想想辦法。她吵著要生，講不聽。」穗高一臉沒轍的躺在客廳沙發上。或許是頭痛，還按著眼角。

「讓她生下來不就好了。」我仍站著，低頭看著他說。

「別開玩笑了，我才不要小孩。喂，你幫我想想辦法。」

「你不打算結婚嗎？」

「我還沒想那麼多。當然，我也不是抱著玩玩的心態跟她交往的。」他之所以加上後面那句話，大概是因爲看穿我的個性吧。「總之，我不要爲了既成事實結婚。」

「那你就趁這個機會考慮和她結婚吧？這樣她也許願意接受。」

「我明白了。就這麼辦吧！這樣就沒問題了。」穗高從沙發上抬起身。「你幫我勸勸她。千萬不要讓她鬧。」

「你眞的會認眞考慮？」

「眞的，我會的。」穗高忙不迭點頭。

當晚我就敲準子的門。她知道我爲何來，她一看到我便說「我絕不要拿掉。」

漫長的說服開始了。這是件令人痛恨的工作，即使如此，我仍沒有氣餒，因爲我自己也眞心覺得墮胎對她比較好，最好別和穗高這種人結婚。但我卻爲了勸她墮胎，答應她會安排她和穗高的婚事。

流了兩大寶特瓶的眼淚之後，準子答應去墮胎，我也累壞了。幾天後，我陪著她走進婦產科的大門，幾小時後，再送動完手術的她回家。她的表情如槁木死灰，眼睛直直地望著窗外，側臉已不見初識時的開朗。

「我一定會讓穗高實踐諾言的。」我說，但她沒有任何回應。

不用說，穗高沒有實踐諾言。幾個月之後，他和神林美和子定下婚約，我知道後，質問他打算如何處理準子的事。

「我會向她解釋的。沒辦法啊，我總不能和兩個女人結婚。」穗高說。

「你眞的會好好向她解釋？」

「會的，我已經打算說了。」他懶洋洋地說。

然而，他沒有向準子做任何解釋。她一直到最近，都還深信自己會成爲穗高的妻子。

我的腦海中浮現白天她那空虛的眼神。

計程車開到穗高家門前，我把五千圓鈔票遞給司機，顧不得找錢就衝下車，飛奔玄關的階梯。門仍是鎖上的，穗高沒有給準子家裡的鑰匙。

我繞到院子，因爲我想起她說的「三色堇」。

看到院子景象的那一瞬間，我定住了。

修剪齊整的草地攤著一片白布，仔細一看那是浪岡準子。她仍舊穿著那身白衣。

不同的是，她戴著白色頭紗，右手拿著捧花。她的頭紗略微掀開，露出了消瘦的臉頰。

雪笹香織之章

海膽義大利麵不怎麼樣，鹹味太重，不合我的口味，接下來的鱸魚也一樣。但吃進肚後，嘴裡卻沒有留下任何滋味，也許是因爲我心不在焉的關係。

駿河直之的手機鈴聲，讓我產生某種預感。腦中驀地浮現剛才那名女子的臉。白色的衣服、白色的臉、苦惱的眼神，投注在穗高誠身上。

看到穗高凍結的表情，以及駿河慌張的態度，我頓時明白她是什麼人。要不是神林貴弘在場，我就會徹底逼問穗高。

駿河本來在講手機，回來叫穗高時表情略微僵硬。我猜想多半是那名女子提出了什麼麻煩的事，除此之外，我想不出正在和神林美和子吃飯的穗高有什麼理由離席。對他們來說，現在最重要的應該就是美和子。

「果然很忙呢。」美和子對我說。

「是啊。」我回答。美和子太單純了，不懂得懷疑，就連對穗高誠這種男人也一樣，這讓我感到煩躁。

過了一會，穗高回來了。不知是否我想多了，他臉上失去從容。「駿河說有急事，要告退。這時還這樣子眞的非常抱歉。」一就座他便這麼說，交互地看著神林兄妹。

「駿河先生也不輕鬆呢。」美和子露出少女漫畫的眼神看著穗高。

「因爲我的觸角伸得太廣了。眞的是偏勞他了。」穗高說著這種有口無心的話，向明天的新娘微笑。那是他最自豪的笑容，任何女人都會上一次當吧。

我想起駿河直之的瘦臉，內心暗自同情。雖不知發生什麼狀況，但想必他現在正滿頭大汗地爲收拾穗高的爛攤子而奔走吧。

吃完甜點，正在喝咖啡的時候。年輕服務生彎著腰走近穗高，小聲說有他的電話。

「電話？」穗高一臉疑惑，然後看著美和子苦笑：「是駿河那傢伙。該不會是捅了什麼婁子吧。」

「那你快去接電話。」

「也對，那麼失陪一下。」穗高站起來。「不好意思，哥哥，一而再、再而三的。」

「哪裡。」神林貴弘簡短作答。這位美男子顯然看穗高不順眼，用餐時幾乎不發一語。

「不曉得出了什麼事。」美和子略顯不安地看著我。她不知道有個失了魂的女人佇立在穗高家院子的事。

「不曉得呢。」我這樣回答。

不久，穗高回來了。看他那個表情，我就確定發生了不尋常的事。他照舊露出社交式的笑容，但臉部表情明顯僵硬。我看得一清二楚，他視線游移不定，呼吸也變得急促。

「怎麼了？」美和子問。

「沒事，沒什麼重要的。」穗高的聲音難得沙啞了。「好……我們走吧。」他沒有坐下來，只是站著這麼說。可見得他急著要走。

我刻意放慢動作，把咖啡杯端到嘴邊。

「還早吧？還是你有什麼急事？」

穗高瞪了我一眼，也許他察覺了我小小的惡意。但是我裝作沒注意到，享用我所剩不多的咖啡。

「我還有些事情非處理不可，蜜月旅行的事我還沒準備。」

「我來幫忙吧？」美和子說。

「不用了，用不著麻煩妳，這點事我可以自己來。」然後他看著神林貴弘。「您知道回飯店的路嗎？」

「有地圖應該就沒問題。」

「這樣嗎。那我請他們把車子從停車場開過來。鑰匙可以借我一下嗎？」

向神林貴弘拿了車鑰匙後，穗高的手伸進上衣的內口袋，快步走向出口。

我追了上去。

「我來吧。」我小聲說。我指的是付帳。

「不用了，是我邀約的。」

「可是……」

「不用了。」穗高將金色的信用卡遞給結帳人員，然後將兩把鑰匙交給另一個服務生，要他們把車開到店門口。有一把是穗高自己的車鑰匙，我們是開兩輛車來的。

「出了什麼事？」我一面注意美和子他們一面問。

「沒事。」穗高冷冷地答，眼神很不安。

「雪姊，」美和子從後面叫了我的暱稱，「雪姊接下來呢？」

「我嗎？」我沒什麼事，但一個想法瞬間閃過腦海。「我要回公司。剛才拿到的散文得入稿才行。」

「要不要坐我們的車？公司順路吧？」美和子熱心地說。

「對不起，在那之前我還要先去一個地方。」我合掌說道。「等一下我再打電話到飯店找妳。」

「那就等妳電話哦。」美和子燦然一笑。

幾分鐘後兩台車才開來。這幾分鐘對穗高似乎很漫長，因爲他看了好幾次表，美和子對他說話他也心不在焉。

穗高忙不迭地送神林兄妹上了富豪車。

「明天見。」美和子隔著車窗說。

「今晚好好休息哦。」穗高擺出笑臉。即使這時，仍然戴著他的假面具，眞有他的。

富豪車一個轉彎後消失，穗高臉上的笑容也同時不見了。他連看也不看我一眼，逕自朝自己的賓士車走去。

「你好像很急啊。」我朝著他背後說。明明不可能沒聽見，他卻沒回頭。目送他的賓士車發動開走之後，我朝反方向走。一直沒有空的計程車經過，過了十來分鐘，好不容易才看到一輛，我立刻舉起手。

「到石神井公園那邊。」我說。

我這是在做什麼？我一邊望著窗外流逝的風景一邊想。外面已經暗了。

我想起穗高誠薄薄的嘴唇，以及他尖尖的下巴、直挺的鼻子、修得有稜有角的眉毛。

雖然只是一段短暫的歲月，但我曾經作過一個夢，夢想成爲穗高的妻子。我一直抱著一輩子都要工作的打算，但唯有那時候，我曾想像自己整天穿著圍裙的模樣。只能說，那時候太天眞無知了。

我調往文藝部的第二年，成了穗高誠的責任編輯。一個多才多藝的作家，是我對他的印象，但第一次見面時，我腦海裡刻劃出他另一個截然不同的印象。如今回想起來只覺得好笑，然而當時我覺得就男性而言，他非常出色。

我不知道他是什麼時候開始把我當女人看待的，但我想多半從初見面時，他就想把我據爲己有吧。他是如此成功而確實地虜獲了我的心，就像電腦確實執行程式一樣。

「要不要到我房間繼續喝？」慶功會後，我們在銀座的酒吧喝雞尾酒時，他對我說了這句話。他不喜歡有陪酒小姐的店，至少他是這麼對我說的。

當時他還沒離婚，因此在新宿租了工作室。他的理由是想讓家庭和工作有所區分。拒絕的理由要多少有多少，而且我敢肯定，這個男人絕對不會死纏爛打。我想，他未來也不大可能再提出這種邀請。

結果我們直接到他那裡去了。原本應該是去喝酒的，不過事實上在他房裡只喝了半杯摻水的波本威士忌，因爲我們沒多久就上床了。

「我可不是抱著玩玩的心態做這種事哦。」我說。

「我也是，」穗高也回應，「所以妳要有心理準備。」他還這麼說。虧他說得出。大約三個月之後，穗高告訴我他要離婚，當時他和我的關係已經發展得相當成熟。

「之前關係就不太好了，不是因爲跟妳在一起的關係，所以妳別放在心上。」

我問他離婚的理由，他以略帶怒意的語氣這樣回答。我對這個回答感動不已，我以爲他是怕我內疚。

接下來這句話，更是讓我樂不可支。

「只不過，如果沒有妳，我可能無法下定決心。」

說這些話的時候，我們人在飯店的咖啡廳。假如我們單獨在房裡，不，就算是在咖啡廳裡，只要四下無人，我一定會摟住他的脖子吧。

我們的關係前前後後持續了三年。老實說，我是在等他求婚，但我從來沒有表現出催他的態度。我完全不知道離婚之後經過多久再婚才符合世俗的眼光。我的個性也是很吃虧的，因爲開口說要結婚，就必須拋棄某種程度的自尊，所以我頂多是開玩笑地說，與其一輩子當編輯，不如找個終身的鐵飯碗好了。結果穗高誠笑著回答，妳明明根本沒那個打算，我很了解妳，妳不是那種肯屈居於家庭的人。他早就把我看透了，知道只要他這麼說，我就不會老把結婚兩個字掛在嘴上。

正當我對我們的未來開始不安時，他向我提出了一個令人意外的要求，希望我介紹神林美和子和他認識。

美和子本來是我妹妹的朋友，在妹妹把她的詩拿給我看後，開啓了這一切。美和子詩中凝聚的熱情、悲傷、心痛令我著迷。我心想：這一定能出書。

要出版一名素人女子的詩集，本來是不可能的，但是我的企畫通過了。就連面有難色的上司，似乎也對神林美和子的詩心有所感。

說實話，我作夢也沒想到詩集會那麼暢銷。我當初的目的只是希望能引起一點話題，但詩集中的詩句變成流行語、類似書籍陸續出版等現象，完全是意外。

神林美和子轉眼間成了名人，電視台邀約等紛至沓來，其他出版社也競相接觸。

然而美和子從不背著我自行接工作。她希望由我居中聯繫，無論什麼工作，都透過我來轉達。現在連其他公司的人也對我另眼相看，想必是因爲我背後有神林美和子的關係。

爲什麼想見她？我問穗高。他的回答是他很有興趣，介紹一下沒有關係吧。我想不出堅拒的理由，但又沒來由地有種不祥的預感。

我想穗高起初也沒有想將她據爲己有的意思，應該只是想利用她來從事電影相關工作而已，我知道他極力想在電影上扳回一城。

可是事情發展出乎我意料。我頭一次覺得不對勁，是美和子打電話來的時候。她問我穗高先生請她吃飯，該怎麼辦？從她的語氣，我聽得出她很想去。這令我格外焦慮。

我和穗高誠聯絡，質問他打什麼主意。他似乎早就料到我會找他，並不驚訝。

「我應該說過，若是和工作有關的事，要透過我。」

一聽我這麼說，他的回答乾脆俐落，似乎早就準備好了。

「不是工作的事，是我私人想和她單獨見面。」

「這是什麼意思？」

「沒什麼特別的意思。就是想和她吃個飯而已。」

我死命叫自己冷靜，問道，「我腦筋可能不太好，所以要是我誤會了，我先道歉。我覺得你這樣講，聽起來像是你對神林美和子很有興趣。」

「妳沒誤會，就是這樣。」他說。「我是對她有興趣，以異性的觀點對她感興趣。」

「這種話虧你說得臉不紅氣不喘的。」

「那我問妳，假如我喜歡上妳以外的女性，我該怎麼辦才好？難道我要遵從仁義道德忍耐嗎？我們又沒有結婚。」

我們又沒有結婚——這句話重重敲了我一記。

「你……喜歡她是吧？」

「我確實對她有好感。」

「她可是我負責的作家。」

「只是碰巧而已，不是嗎？」

「也就是說，」我吞了一口口水，「我被甩了？」

「今後我對神林美和子的感覺會有多強，我也不知道。但是如果爲了跟她單獨吃飯，就非和妳分手不可的話，那我也只好這麼做了。」

「我明白了。」

這是我們結束持續了近三年關係時的對話。穗高一定從約美和子的那刻起，就算準有這種結果。他早就料到我不會大哭大鬧，明知道他看透我，我卻想不出別的應對。

還有一件事也在他的算計之中，就是他料到我絕對不會把我們的關係告訴美和子。我不僅不會說，也不會妨礙他接近美和子。

實際上也是如此。我什麼也沒告訴神林美和子。她問我好幾次：「穗高先生是什麼樣的人？」但我不說實話。我們只有工作來往，我不清楚——我總是以這句話搪塞。

無法拋下自尊，自然是原因之一。但我是基於另一個完全無關的理由，才不想阻止神林美和子和男性交往的。

那個理由，就是神林貴弘。

從我第一次見到他便有種感覺，他對美和子的感情並不像是對待親妹妹的那種。在見面之前，我聽美和子提到他，已經留下奇異的印象，等到見面後，我找到原因了。換句話說，依我的觀察，她對親哥哥也懷著特殊的感情。這個看法如今也沒有改變，我認爲她獨特的感性、表現力的源頭，也許全都是來自於此。

我認爲美和子對哥哥以外的男性產生興趣非常重要，她必定能夠因此獲得全新的人生觀。我不相信這會對她的才華造成影響，使她成爲凡夫俗子。她擁有的力量，並非如此不堪一擊。就算眞的造成影響，那也無可奈何，要有收穫，必須有犧牲。一個編輯不能因爲會影響書的銷售，就左右她的人生方向。我非常喜歡美和子，我希望她能夠幸福。

正因如此……

穗高誠今後做人能有多誠懇，是個至關重要的問題。我爲他和美和子所做的犧牲太大了，如果他純粹只是利用我，那麼我絕對饒不了他。

穗高家就在前方。我輕輕按住下腹部，那裡似乎隱隱作痛。

「請在這裡停車。」我對司機說。

2

四周已經全暗了，但穗高家的門前燈沒開。他的賓士車停在家門口，車中不見人影。門口的信箱插著社區傳閱板，看來穗高此刻連抽出傳閱板的工夫和心思都沒有。我差點按下對講機的按鈕，趕緊把手抽了回來。要是裡頭發生什麼對他不利的狀況，我只會吃閉門羹而已。

我輕輕推門，門毫無反抗地打開了。我躡著腳上了玄關的階梯，繞到院子那頭。四周圍牆很高，路燈照不進來，因此院子裡很暗。即使如此，客廳還是漏出一道光。

我一面小心腳步，一面向前走。玻璃門拉上了蕾絲窗簾，但由於有一絲縫隙，所以光從裡面透出來，我把臉貼近那個縫隙。

看到穗高誠了。他正在封裝一個大紙箱，那是洗衣機的外箱。神林美和子曾告訴我，在展開新生活之前，他們更換了一些電器用品，洗衣機想必是其中之一。

但是，這時候還在組箱子怎麼想都很奇怪，而且穗高臉上完全感覺不到一絲從容，他的表情是我許久未見的認眞。我盡可能把眼睛湊近那個小小的縫隙，想看清楚裡面發生了什麼事，但此外就沒有什麼值得注意的地方了。

此時外面傳來停車聲，有人走上玄關的階梯，還開了門走進屋內。人在客廳的穗高沒有因此驚慌，想必知道來的是誰。

出現在客廳的，果然是駿河直之。駿河的臉色也很嚴肅。我和他有一段距離，因此看不清楚，但可以猜想他一定雙眼充血。

兩人交談幾句之後，突然轉向這邊，穗高還邁開大步走來。

我以爲被發現了，連忙朝玄關的反方向移動，藏身在房子暗處。我才躲好，就聽到玻璃門打開的聲音。

「只能從這邊拿出去了。」是穗高的聲音。

「這樣比較妥當。」駿河說。

「來搬吧。你把車停在外面了嗎？」

「停好了。這個箱子底部不會垮掉吧？」

「不會的。」

過一會兒我再探頭偷看，兩個男人一前一後抬著剛才那個紙箱從客廳出來。前面是駿河，後面是穗高。

「沒想到還挺輕的。這樣一個人也應該可以處理吧？」穗高說。

「那你自己一個人做啊。」駿河回答，語氣是生氣的。

玻璃門敞開，因此其中一個一定會回來。我決定暫時按兵不動。

果然不出我所料，穗高馬上折返。我把臉縮了回來，聽到他從院子走進客廳，關上玻璃門的聲音。我暗中確定窗簾是拉上的，才繞到玄關。

穗高家門前停著一輛日產休旅車。駕駛座上的看來是駿河。剛才的紙箱想必是放在這輛車的車廂裡。

接著傳來玄關門扉開啓又上鎖的聲音。穗高下了階梯。

「有管理員嗎？」穗高問。

「幾乎都不在。應該不至於偏偏今天在。」

「你剛說房間在三樓？離電梯遠嗎？」

「就在旁邊。」

「太好了。」

穗高也坐進自己的賓士車裡，另一輛休旅車看來是在等穗高就緒才發動引擎。休旅車先行離開，過了一會兒賓士車也出動了。

我離開院子走到玄關前，下了階梯，已經看不見那兩輛車的後車燈。

略加思索之後，我拿出自己的記事本，翻到住址那幾頁，找出駿河直之的名字。他們兩人的對話，讓我覺得他們的目的地是駿河的公寓。

駿河的公寓也在練馬區內，但五〇三這個房間號碼讓我覺得奇怪，因爲剛才穗高說「房間在三樓」。

再想也沒有用，因此我決定走到大馬路上攔計程車。

告訴計程車司機地址之後，司機在目白通再進去一點的地方讓我下車。「那裡就是圖書館了。」司機說。

我看著電線桿上的地址找路，很快就看到眼熟的賓士車停在路旁，是穗高的車。

我環視四周，找到可能的公寓，那是一棟五、六層樓的小巧建築。

我繞到正面，剛才那輛休旅車就停在正門口，後車廂開著，不見兩人的身影。

玄關處看似自動上鎖的門開著。當我想趁此刻進去時，門後的電梯開了。一認出電梯裡的人是穗高和駿河，我立刻拔腿就跑，躲在一輛停在路邊的車子後面。

兩人以互不相識的神情離開公寓。穗高快步離去，駿河則繞到休旅車後方。他拿著摺好的紙箱，把紙箱放進車裡，關上後車門。

我等休旅車發動，彎過建築物轉角後，才從車後出來。我站在公寓前往玄關裡看，自動上鎖的門依然開著沒關。

我下定決心走進電梯，毫不猶豫地按了3的按鈕。

出了電梯就是一扇門，上面沒有名牌。我按了對講機後，才考慮到要是有人接，該說什麼才好？問對方認識穗高或駿河嗎？

然而這想法是多慮了，沒有任何反應。我朝門縫裡看，假如上了鎖就一定看得到金屬零件，但是沒有。

猶豫中，我轉動門把，向外拉。

白色的涼鞋隨地亂扔，這是我最先看見的物品。我的視線緩緩地往屋內深處探去，進門處是個一坪半左右的廚房，再過去是房間。

有人倒在那裡。

3

那人穿著白色連身洋裝，我見過。她就是白天出現在穗高家院子，活像鬼魂的女子。

我脫掉鞋子，戰戰兢兢地靠近她，腦海出現某些想像，這種想像在穗高家看他組裝紙箱時曾模糊地出現過。但實在太不吉利，也太難以置信，所以我拒絕進一步思考。

我站在仿木紋貼皮地板的廚房，俯視倒在房間的女子。她發青的側臉了無生氣。

我按著胸口調整呼吸。可能心臟跳動太快，抑或極度緊張，胃裡的東西好像快翻出來了。但同時編輯人的嗅覺也出動了，我認爲機會難得，得把這番情景好好烙印眼底。

後面房間是三坪左右的西式房間，有個小小的衣櫥，但或許衣服不夠放，前面又擺了個活動式衣櫥，裡面也掛滿衣物，另一側的牆上則有化妝檯和書架。

倒地女子身旁有個玻璃茶几，我想知道上面放了什麼，便再靠近一些。

我先看到一張攤開的紙，是夾報廣告傳單，背面以原子筆寫字，內容是這樣：

「我只能以這種形式來表達我的心意。

我先到天國去了。

相信你一定很快就會來的。

請你牢牢記住我的模樣。

準子」

很明顯的是遺書。文中的「你」指的應是穗高無誤。

遺書旁邊放著一個眼熟的瓶子，是穗高常吃的鼻炎膠囊瓶子。再旁邊有個裝了白色粉末的瓶子。標籤是市售的維他命，但裡面的粉末顯然不是維他命，因爲內容物本來應該是紅色錠劑才對。

那個瓶子旁邊，還有個被一分爲二的空膠囊。不用說，和穗高的鼻炎膠囊是一樣的。

我心頭一凜，打開鼻炎藥瓶，把裡面的膠囊倒在手心裡。膠囊共有八顆，但我凝神細看，每一顆看起來都曾經被分解過，而且還附著細微的白色粉末。

這就代表……

膠囊的內容物已經被換成這些白色粉末了？

這時外面傳來有人走出電梯的動靜，我直覺猜測是穗高或駿河回來了。匆促之間，我把一顆膠囊放進上衣口袋，其餘的放回瓶裡，然後躲在活動式衣櫥後面。今天一直東躲西藏的。

在我彎下腰的同時，門打開了，傳來有人走進的腳步聲。我從掛在衣櫥的衣服縫中窺看，駿河一臉疲憊地站著，他好像要往這裡看似的，我連忙把頭藏得更低。

過了一會兒，我聽見啜泣聲，有人低聲叫著準子、準子。聲音細微怯弱得令人不敢相信竟是駿河直之，簡直就像小孩子躲起來偷哭一樣。

接著我又聽到很微小的聲響，是打開瓶蓋的聲音。

我想看看怎麼了，準備再次抬頭，掛在衣架上的帽子砰咚落地。駿河的聲音戛然而止。現場一片駭人的沉寂。我知道他細長的雙眼正看向這邊。

「對不起。」說著，我站起身來。

駿河直之瞪大眼。他雙頰濡濕。他雙膝著地，戴著手套，右手搭在女子肩上。

「雪……笹……」感覺他是好不容易才發出聲音。「妳怎麼會……在這裡？」

「對不起，我跟蹤你們。」

「從什麼時候開始？」

「一直。我看穗高的樣子怪怪的，就去了他家，結果看見你們正在搬運一個大箱子……」我又小聲說了一次對不起。

「原來是這樣。」我看得出駿河突然虛脫。他的視線轉向倒地女子。「她死了。」

「好像是，是死在他……穗高家嗎？」

「在院子裡自殺的。自殺之前曾經打電話給我。」

「哦，就是那時候……」

「我想妳已經猜到了，她和穗高交往過。」駿河以指尖擦擦眼睛下方，似乎是想抹掉淚痕。「因爲聽到他要結婚，打擊太大，所以自殺了。」

「眞可憐，竟然爲了那種男人尋死。」

「就是啊。」駿河重重嘆了一口氣，然後抓抓頭。『根本不值得爲那種男人尋死。』難道你喜歡她？我很想這麼問。當然，這種話是不能問的。

「那爲什麼屍體會在這裡？」

「穗高的命令。他說明天是他風光的婚禮，有人在院子裡自殺，他可受不了。」

「原來如此。那什麼時候報警？」

「不報警。」

「什麼？」

「穗高說不要報警，要等屍體自然被人發現。穗高好像想安排成準子和他之間什麼關係都沒有。他說，既然沒有任何瓜葛，當然也不會發現她死在這裡。」駿河的臉痛苦地變形。「大概是不願意蜜月旅行被警方打擾吧。」

「這樣啊。」

烏雲漸漸包圍我的內心。處在這種非常情況之下的我，一分爲二，一個是意外平靜說話的自己，另一個是愈來愈混亂的自己。

「她是？準子小姐是？」我看著遺書說。

「浪岡準子。浪花的浪，岡山的岡。」駿河冷淡地說。

「警方會調查準子小姐自殺的動機，難道查不出她和穗高先生的關係嗎？」

「很難說，也許會吧。」

「那到時候就瞞不過去了啊。他有什麼打算？」

我這麼問，不料駿河直之笑了出來。我一時愣住，還以爲他瘋了，但仔細一看，才發現他是刻意笑出來的。

「他想要我頂替。」

「咦？什麼意思？」

「也就是說，要把和她交往的對象，說成是我。我因爲厭倦而拋棄了她，她受不了這個打擊，所以自殺了——他是這麼說的。」

「啊……」虧他編得出來，眞叫人佩服。

「這份遺書就掉落在她身旁，可是上面沒寫是給誰吧？」

「是啊。」

「其實是有寫的。在最上面寫著給穗高誠先生，但是穗高拿刀片裁得乾乾淨淨。」

「哦。」我不由得搖頭。「你眞的願意這樣做？」

「我不願意。」

「可是你還是會照做吧？」

「要是不打算照做，就不會把屍體搬到這裡來了。」

「……也對。」

「我希望妳答應我一件事。」駿河直視著我說。

「什麼事?」

「離開這棟公寓之後,就當作沒聽過這些話。」

我淡淡一笑。

「要是我告訴警方,你們就白費工夫了。」

「妳會答應吧?」駿河盯著我的眼睛。

我輕輕點頭。不是因爲我想成全這人的忠誠,而是希望手中握有王牌。

「我們盡快離開吧。再拖下去,要是有誰來就麻煩了。」駿河站起來。

「告訴我,準子小姐和穗高先生交往了多久?關係有多深入?」

「期間我不太記得了,但確實超過一年,直到最近都還在一起,因爲她一直相信自己還是穗高的女友。至於關係,她已經在考慮結婚了。再怎麼說,她還懷過穗高的孩子。」

「咦……」

「當然是拿掉了。」說完,駿河點點頭。

我心中的烏雲更加擴大。懷孕……我按住自己下腹。那悲哀的痛楚,她也經歷過。

我剛和穗高分手,就發現自己懷孕了,但我並沒有把這件事告訴他。我沒想過以懷孕爲武器重新贏得他的心,我也深知,他不會因爲這樣就改變心意。

然而當我受盡煎熬的時候,這男人竟然除了美和子以外還有別的女人。不僅有,還讓對方懷孕了。看來對這男人而言,我也只不過是個他不打算結婚卻意外懷孕的女人之一。

「好了，走吧。」駿河拉我的手。

「她的死因是……？」

「大概是服毒自殺。」

「那白色的粉末就是毒藥？」我看著桌面說。

「也許是吧。」

「旁邊的膠囊就是穗高先生平常吃的那種藥吧，可是膠囊內容物好像不是鼻炎藥。」

聽我這麼一說，駿河吐了一口氣。

「妳看見了？」

「剛才看到的。」

「唔。」他拿起裝了膠囊的瓶子。「這個放在她帶的紙袋裡。」

「她爲什麼要費這番工夫？」

「當然是因爲……」駿河沒再說下去。

我決定幫他把話說完。

「是想讓穗高先生吃吧。將這個和家裡眞正的鼻炎藥掉包。」

「我想八成是這樣。」

「可是卻找不到機會，所以她決定自己一個人走。」

「早知道她有這種打算，」駿河喃喃地說，「我就給她機會掉包了。」

我盯著他的臉看。「你是說眞的?」

「妳說呢?」

「誰知道。」我聳了聳肩。

「走吧。這裡不宜久留。」駿河看看手表，在我背上推了一下。

我穿鞋的時候，他一直在旁邊看。

「原來這是妳的鞋子啊。」駿河說道。「她是不會穿Ferragamo的。」

我心想，你對浪岡準子很了解嘛。

「妳有沒有碰過哪裡?」他問。

「什麼?」

「留下指紋就不妙了。」

「哦。」我點點頭。「碰了門把……」

「那麼雖然有點不自然，也只能這樣做了。」他拿戴著手套的手去擦拭門把。

「還有剛才的藥瓶。」

「這可不能忘。」

駿河擦了裝鼻炎膠囊的藥瓶，再讓浪岡準子的手握一下瓶子，接著把藥瓶放回桌上。

「對了，得把這個帶走。」他拔起插在旁邊牆上插座的電線。是手機充電器的電線。

「拿手機充電器做什麼?」我問。

「她打給我時用的手機，據說是穗高之前買給她的。手機用穗高名義辦，錢也是他在付。穗高說他本來打算解約，但一拖再拖，不過她好像幾乎沒有在用就是了。」

「所以是要趁機取走？」

「沒錯。要是發現這隻手機，警方很可能會調查通聯紀錄，到時候查出她白天曾經打電話給我，事情就麻煩了。」

「你有好多事要辦啊。」

「一點也沒錯。」

走出房間關上門後，駿河站在電梯前。

「不用鎖嗎？」我問。

「上了鎖，就會留下鑰匙如何處理的問題。鑰匙不在房裡很奇怪吧？」駿河歪著嘴：「穗高那傢伙沒有這裡的鑰匙，也沒來過這裡，簡直像是早就料到會有這天一樣。」

在電梯裡，駿河脫掉了手套。看著他的側臉，我想起他剛才拿起膠囊藥瓶的情形。假如我沒看錯，瓶子裡的膠囊總共有六顆。

我悄悄摸了摸上衣口袋，摸得出裡面有膠囊。

神林貫弘之章

1

完成飯店的入住手續，各自將行李搬進房間後，我們立刻離開房間，因爲美和子必須上美容院，爲明天準備。

我問她大概要多久時間，美和子思忖著答說大概兩個鐘頭。

「那我去逛逛書店。逛完我應該會待在一樓的咖啡廳。」

「可以在房間等呀。」

「一個人待在房裡也無聊。」在狹小的房間裡望著白色牆壁，等待美和子成爲新娘，這種事我實在辦不到，光是想像就令人打寒顫，但我又不能老實告訴她。

在一樓的電梯大廳前和美和子話別後，我步出飯店。飯店前是坡道，下坡走到底，便是車水馬龍的十字路口，路口對面有個書店的招牌。

書店人很多，主要是看似上班族的男男女女，而且多數聚集在雜誌區，所以我便到文庫本區找尋適合今晚睡前閱讀的書。我選了麥可・克萊頓一部上下兩集的小說，這樣就算整晚都睡不著，應該也看不完。

離開書店後，我進了附近的便利商店，買了一小瓶Early Times威士忌、起司魚板和洋芋片。我不太會喝酒，雖然只有三百七十五毫升，但若是喝完這瓶波本還睡不著，那我也只好認了。

我提著便利商店的袋子走回飯店，路線和來時不同，因此走到了飯店後方。我一面沿著牆走，一面抬頭看建築物，這棟超過三十層樓的飯店，猶如刺入夜空的大柱子。美和子明天要舉行婚禮的教堂在哪？宴會廳又在哪？我抬頭仰望思忖著，覺得美和子離我好遠。這應該不是我多愁善感，而是事實。

我輕呼了口氣，再次邁開步伐。眼角餘光瞥見什麼在動。定睛一看，是隻瘦弱的黑白花貓，前腳併攏坐在路旁。貓也看著我。可能是病了，左眼都是眼屎。

我從便利商店的袋子裡取出起司魚板，撕一塊丟過去。貓稍稍露出警戒之色，但很快便靠近魚板，嗅一嗅後吃了起來。

我心想，這隻貓和現在的我，究竟誰比較孤獨呢？

回到飯店，我走進一樓的咖啡廳，點了皇家奶茶。這時候剛過七點不久，我拿出麥可・克萊頓的文庫本，開始閱讀。

晚上八點整，美和子出現了。我向她稍微舉起右手，站起來。

「都好了？」我一面把帳單交給收銀檯一面問。

「差不多了。」她回答。

「做了些什麼？」

「塗指甲油、除汗毛、上髮捲……還有很多別的。」

「好花工夫啊。」

「這才是剛開始呢，接下來還有得忙。明天要早起了。」

美和子的長髮盤了起來。不知是否修過眉毛，眼角眉梢比平常更精緻。一想到她打扮成新娘的樣子，我感到難以言喻的焦躁。

我們在飯店裡的一家日本料理店吃晚餐，但沒怎麼交談，頂多聊聊對餐點的感想。即使如此，餐後喝日本茶時，美和子還是開口了。

「下次不知道什麼時候才有機會和哥哥兩人單獨吃飯啊。」

「不知道。」我歪著頭說。「大概沒機會了。」

「爲什麼？」

「因爲美和子以後都得陪著穗高先生了。」

「就算結了婚，我也有單獨行動的時候啊。」說完，美和子似乎想到什麼。「啊，或許哥哥不久後也不再是一個人了。」

「咦？」

「你遲早會結婚的呀。」

「哦，」我把茶杯送到嘴邊，「這種事我連想都沒想過。」

我把視線轉向能俯瞰飯店庭園的窗戶。庭園裡鋪有步道，一對男女在那裡散步。我把焦點移向玻璃窗面，窗上反射出美和子的臉。她手托腮，注視著斜下方。

「對了。」美和子打開包包，取出拼布做的袋子。

「那是什麼？」我問。

「旅行用的藥袋，我自己做的。」說著，她從袋子裡拿出兩包錠劑。「今天中午吃太好了，得小心一點才行。」美和子向服務生要了水，吞下兩顆扁圓形的胃腸藥。

「還帶了什麼藥？」

「這些。」美和子把藥袋內的東西放到手心。「感冒藥和暈車藥、OK繃……」

「那些膠囊呢？」我指著一個小瓶子問，裡面裝著白色的膠囊。

「這是鼻炎膠囊。」美和子把瓶子放在餐桌上。

「鼻炎？」我拿起瓶子又問一次。標籤印著十二顆裝，瓶裡還有十顆。「妳有鼻炎？」

「不是我，是他要吃的。說是過敏性鼻炎。」說到這裡，她的手在胸前拍了一下。

「糟糕，剛才整理包包的時候，我好像把藥盒拿起來了。等一下要記得把藥裝進去。」

「藥盒？妳是說白天穗高先生從置物櫃抽屜裡拿出來的那個？」

「對。明天婚禮前得拿給他。」

「哦……」

「我去一下洗手間。」美和子站起來，往店內走去。

我看著手中的藥瓶，思索美和子持有穗高誠常用藥的理由。既然要一起去旅行，由她統一攜帶兩個人的藥品也不足爲奇，但我總覺得無法釋懷。換句話說，一定是這個事實象徵了什麼。然而我已經對自己動不動爲這種小事心煩意亂感到厭煩了。

離開餐廳，我們決定回各自的房間。時間已經超過十點。

「要不要到我房間聊天？」來到美和子房門前時，我這麼提議。我們的房間是相鄰的單人房。「我買了威士忌，還有下酒菜。」說著，我提起便利商店的袋子。

美和子微笑著看看我和白色的袋子，緩緩搖頭。

「我答應要打電話給雪笹小姐和誠哥的，而且今天我想早點休息，我有點累了，明天又要早起。」

「是嗎。是應該早點休息。」我口是心非，也露出微笑。不，我不知道自己看起來是不是在微笑，也許在美和子眼裡，我只是不自然地牽動臉頰而已。

美和子從包包裡取出附有金屬吊牌的鑰匙，插進門上的鑰匙孔，轉動鑰匙推開門。

「哥哥晚安。」美和子看著我說。

「晚安。」我也回答。

她迅速地從門縫滑進室內。門正要關上的那刻，我霍然擋住門，她驚訝地抬頭看我。

我望著美和子的嘴唇，思索上一次品嘗那觸感是什麼時候。此時此刻，我興起想重溫那份柔軟與溫暖的衝動。我全身發熱，眼裡只有她的雙唇。

即使如此，我仍拚命克制自己不能亂來，要是這時候忍不住，會造成畢生的遺憾。但我心中有另一個聲音在說話：哪管得了那麼多！就跌落到無底深淵吧。

「哥哥。」這時候美和子說話了。時機絕妙，再晚一秒，我不知道會做出什麼事來。

「哥哥，」她又叫了一次，「明天麻煩你了。明天……有很多事情。」

「美和子……」

「那麼，哥哥晚安。」她十分用力地想關門。

我以全身的力量擋住。約十公分的門縫中，看得到美和子爲難的神情。

「美和子，」我說，「我不想把美和子交給那種人。」

美和子的眼睛悲傷地眨了眨，旋即裝出笑容。

「謝謝。聽說女兒要出嫁的時候，做爸爸的都會這麼說。」她又說了一聲晚安，猛力關上門。這次連我也擋不住。我就這麼呆立在緊閉的門前。

2

早晨伴隨著劇烈的頭痛一同來臨，像是被什麼沉重無比的東西壓住一般，身體無法動彈。電子音在我的腦邊不停作響，我一時沒想到那是鬧鐘聲。意識到後，我摸索著按掉開關，只是稍稍挪動了身體，便是一陣頭昏腦脹。

接著是一股強烈的反胃感，難過得像有人扭著我的胃狠絞似的。我輕輕下了床，盡可能不刺激五臟六腑，爬進浴室。

我抱著馬桶把胃裡的東西吐出來，才稍微舒服了一點。我抓著洗手台慢慢站起來，鏡子裡出現一個滿臉鬍碴、臉色青白的男子，裸著上半身，肋骨根根浮現，活像昆蟲的腹部，身上感覺不出一絲精力。

我忍住數度襲來的反胃，刷了牙再沖澡。水從頭頂沖下來，我把熱水溫度調得很高，燙得肌膚都感到刺痛。梳洗好、刮完鬍子後，覺得身體好了些，似乎可以重返社會了。我擦著滴水的頭髮走出浴室，這時電話響了。「喂。」

「哥哥？是我。」是美和子的聲音。「你還在睡？」

「我已經起來了，剛沖好澡。」

「是嗎。早餐呢？」

「我一點食慾也沒有。」我看著窗畔的茶几。三百七十五毫升的Early Times少了一半，才這麼點酒就把我整成這副德性，我還眞沒用。「不過我想喝咖啡。」

「要不要一起到樓下大廳？」

「好啊。」

「我二十分鐘後去找你。」說完，她掛了電話。

我放下聽筒，走向窗簾猛然拉開，陽光灑滿室內，似乎連我內心的黑暗也一起照亮。

我心想，今天一定會是痛苦的一天。

美和子準時在二十分鐘後來敲門。我們搭電梯抵達一樓，那裡有個供應早餐的交誼廳。美和子說穗高他們九點也會過來。

美和子點了紅茶和鬆餅，我喝咖啡。她穿著白襯衫配藍色長褲，因爲沒化妝，看起來就像個出門打工前的大學生。事實上，假如美和子走在我任教的大學校園裡，大概每個人都會以爲她是學生吧。但是這樣的她，再過幾個小時就會綻放出令人不敢逼視的美。

和昨晚在日本料理店吃晚餐時一樣，我們幾乎沒有交談。我想不出應該和她說什麼，她似乎也沒有能夠打開話匣子的話題。無奈之下，我只好觀察店內其他客人。附近坐著兩個穿著正式禮服的人，我仔細打量他們，都是生面孔。

「在看什麼？」美和子停下切鬆餅的手問。

我把自己看到的如實說出來，然後說：「假如是妳們的賓客，來得也太早了點。」

「我覺得應該不是，不過我也不知道。」她回答。

「因爲聽說他那邊的客人非常多。」

「一百個或一百五十個左右吧？」美和子想了想，回答可能還更多。我睜大眼睛，搖搖頭。憑他有這麼多朋友，也許應該給他加個幾分。

「美和子這邊的客人有幾個？」我問。

「三十八個。」她迅速回答。

「哦。」我本想問是哪些人，但還是放棄了。我和美和子一路上苦頭沒少嘗過，問了只會回想起過去的辛酸。

吃完鬆餅的美和子朝我後方燦然一笑。我知道如今只有一人能讓她出現這種表情。回頭望去，果然穗高誠正走過來。

「早。」穗高對美和子笑，那張笑臉轉向我。「早安。睡得好嗎？」

「很好。」我點頭回答。

駿河直之晚穗高幾步進來，他已經換上正式服裝。「早安。」他客氣地說。

「關於昨天詩歌朗誦的事，聽說找到專業人士了。」穗高一面說，一面在美和子旁邊坐下。服務生過來點餐，他要了咖啡。

「我也是咖啡。」駿河也坐下來。「我有朋友在學配音，昨晚我拜託他，他很爽快地答應了。雖然才剛起步，不敢說有多專業，不過時間實在太緊迫了。」他的語氣暗自指責臨時提出無理要求的穗高。

「剛出道的，不會在台上出糗吧？」穗高說。

「我想這倒是不用擔心。」

「那就夠了。」

「我想請美和子小姐選出要朗誦的詩，我已經先挑幾首出來了。」駿河從公事包中取出一本書，放在美和子面前。那是她出的書，到處貼滿黃色標籤。

「我覺得〈青色的手〉好。就是妳說妳小時候夢想在藍色海洋上生活的那首。」穗高雙手抱胸說道。

「這首啊……」美和子似乎不以爲然。

我內心竊笑。穗高根本就不知道，在海洋生活對她是意味著告別人世。

他們三人開始討論，我一時無事可做。這時有兩名女子朝我們走來，其中一人是雪笹香織，她穿著黑色格紋套裝。另一名年輕女性我見過兩、三次，是雪笹香織的後進，和雪笹一起工作。製作美和子的書時，她曾來過我們家幾次，我記得她叫作西口繪里。

兩名女子向我們道賀。

「妳們來得還眞早。」穗高說。

「也不算早，因爲接下來有好多事要做。」雪笹香織看看自己的手表，再低頭看美和子。「差不多該到美容院去嘍。」

「也是。動作得快一點了。」美和子看看鐘，拿起放在身旁的包包，站起來。

「那麼，詩就選〈窗〉這首了？」駿河向她確認。

「好的，其他的就麻煩你了。對了，誠哥，」美和子看著穗高，「我把藥盒和藥放在房間裡了，等會我再請人拿去給你。」

「麻煩妳了。要是新郎在婚禮和喜筵上狂流鼻水、猛打噴嚏，就太遜了。」穗高說著笑了。

美和子和雪笹香織她們都離開了，因此我也決定離席。穗高和駿河好像還有事要討論，沒有離開。

婚禮從正午開始，退房時間也是正午，所以可以一直在房裡待到時間差不多再過去。只不過，新娘唯一的至親不能等到婚禮即將開始才現身。

我雖然已經不再覺得反胃想吐，但後腦還是會悶痛，肩頸也很僵硬。好久沒宿醉了，來睡個回籠覺吧，就算只是短短一個小時也好。我看了時鐘，還不到十點。

我從口袋裡拿出鑰匙開了門。這時候發現有東西掉落在腳邊，好像是個信封。奇怪，看樣子是有人從門縫塞進來的，但我不曉得是誰做的，也不像飯店的服務。拾起信封一看，上面以四四方方的字寫著神林貴弘先生收。一股難以言喻的不安席捲而來。因爲會用直尺寫收信人的名字，只有一個意思。

我小心翼翼撕開信封口，裡面裝了一張B5的紙。看了以文字處理機或電腦印出的內容，我內心大爲震盪。文字如下：

「我知道你與神林美和子之間有超越兄妹的關係。如果不希望這件事公諸於世，就遵照以下指示行事。

信封內有膠囊一顆，將膠囊混入穗高誠常用的鼻炎藥中。藥瓶或藥盒均可。

再提醒你一次，若不照做，就公開你們有違倫常的關係。報警也是同樣的下場。

看完後，將本信燒毀。」

我把信封倒過來晃了晃，一個小塑膠袋跌入掌心。裡面正如信上所寫的，有一顆白色的膠囊。我知道這顆膠囊外觀和穗高的常用藥相同，因爲昨晚我見過美和子帶在身邊的藥。而寫這封信的人也知道這件事。

膠囊裡裝了什麼？想必不是鼻炎藥。穗高誠吃下它，身體應該會發生異常的反應吧。是誰要我這麼做？是誰知道我和美和子「有違倫常的關係」？

我把信和信封丟進茶几上的菸灰缸裡燒掉，然後打開衣櫥，把裝有膠囊的塑膠袋藏在禮服的上衣口袋裡。

3

我待在房裡等到心情稍微平靜些，才去美容院，結果我根本沒睡。時間是十一點整。我剛走到美容院前，門就開了，西口繪里走出來。她看到我，一臉驚訝。

「美和子在裡面嗎？」我問。

「已經到休息室去了。」她露出令人很有好感的笑容回答。

「是嗎。對了，西口小姐怎麼會在這裡？」

「因爲美和子小姐說她忘了這個，所以我過來拿。」說著，她把手上的東西給我看，是美和子的包包。

我們一起進了休息室，剛走進去，香水味就往我的鼻孔裡鑽，讓我頭有點暈。

雪笹香織也在那裡。身穿結婚禮服的美和子就坐在她對面。

「哥哥。」她看到我，低聲叫道。

「美和子……」我只說這幾個字，就再也發不出聲音。在我眼前的既是美和子，也不是美和子。那不是我熟悉的妹妹，而是美得動人心魄，但即將成爲另一個男人的人偶。

「我們出去吧。」後面有人說。好像所有人都離開房間了。即使如此，我仍凝視著美和子。只剩我們兩人之後，我總算說得出話了。「妳好美，美極了。」

謝謝。她好像這麼說，但語不成聲。

不能害她哭，不能害她把妝哭花。可是想擾亂一切的衝動，卻像波浪般陣陣湧上我的心頭。

我走近她，抓住她戴著手套的手，把她拉過來。

「不行。」她說。

「閉上眼睛。」

她搖頭。我不理會，把自己的嘴湊近她的嘴唇。「不行。」她再次說。

「碰一下而已。我保證是最後一次。」

「可是……」

我稍微用力拉。於是，她閉上眼睛。

十

駿河直之之章

1

我有預感，今天會是漫長的一天。

手表指著十點半，我們結束了最後的討論。穗高爲了讓演出有最好的效果，修修改改直到最後一刻，算是他一貫的特色，而且這次是爲了他自己，格外賣力也是當然的。

「記住，音樂方面，千萬不能弄錯時間點。在這種地方出錯，一切就白費了。」穗高喝著第二杯義式濃縮咖啡說。

「我知道。我會好好交代負責人的。」我把檔案收進公事包裡。

「好啦，差不多該換第一套衣服了。」穗高像是要放鬆身體般輕輕轉動肩膀。「一個都快四十的男人不管穿什麼衣服，都沒有人會看吧。」

「今天你不是專門襯托美和子小姐的嗎？」

「是啊。」

穗高環視一下四周，把臉湊向我。

「今天早上有沒有異狀？」

「什麼異狀？」

「我是說你們那棟公寓。」穗高小聲說。「像是警車來了，或是有人群什麼的。」

「哦。」我總算明白穗高想問些什麼。「我離開公寓的時候，沒什麼異狀。」

「是嗎。也就是說還沒被發現。」

「應該吧。」我說。

他指的是浪岡準子的屍體，這幾句話讓我稍微鬆了一口氣。今天早上在這家飯店的大廳和穗高會合以來，他完全沒提到準子，我還以爲他自認全部搞定而安心了。但看來就連穗高這種人，也不至於那麼淺薄無腦。

「她有可能怎樣被人發現啊？」穗高問。

「今天她上班的醫院也沒開，應該不會被發現。問題是明天以後。假如她一直曠職，可能會有人覺得奇怪而去找她，這麼一來，因爲門沒鎖，一定會被發現吧。」

「能不能想個辦法拖延？盡量愈晚發現愈好。」

「反正都會被發現，是早是晚還不都一樣。」

穗高聽我這麼一說，一副你怎麼連這個都不懂的模樣嘖了一聲。

「又不能保證警方不會把她的自殺和今天的婚禮聯想在一起。再說，美和子的哥哥昨天看到準子了，要是知道她自殺，一定會覺得奇怪。搞不好他已經跟美和子提過院子裡有個奇怪的女人。可以的話，最好等神林忘了這事再發現屍體。」

我沒說話。心裡想說的是：事實上她自殺的原因就在於你要結婚，你還想怎樣？

「對了，忘了把這個給你。」

穗高從口袋裡取出一張紙。

「這是什麼？」

一打開來，上面以潦草的字列舉了品牌和品名，諸如「香奈兒（戒指、表、包包），愛瑪仕（包包）」。

「這些是我買給準子的。」穗高說。

「禮物清單嗎。」我忽然出現一個念頭，準子是因爲這些禮物攻勢才情歸穗高嗎？但我立刻更正想法，她不是這種女孩，她想要的，應該是別的。我又再次心痛。

「可能有遺漏，不過大致就是這樣。你最好先背起來。」說完，穗高喝了他的義式濃縮咖啡。

「背起來？我嗎？背這做什麼？」我問。

穗高又像剛才一樣皺起眉頭，但這回他倒是直接說出了「你怎麼連這個都不懂」。

「屍體被發現，警方就會調查準子的房間。沒多少薪水的她卻有那麼多價値不菲的東西，警察一定會認爲她有男人，這時候就該你上場了。就像昨天講好的，你說你在和準子交往，所以那些名牌都是你送的。」

「明明是我自己送的，卻對內容一問三不知，你怕被人發現太奇怪，所以要我背下這張單子是嗎？」

「沒錯。你看也知道，上面全都是些經典款，要是被問到在哪裡買的，回答起來也不會太傷腦筋。只要說是出國時買的禮物就沒問題了。」

「我又不是你，沒那麼常出國。」我語帶諷刺地說。

「那你就說是在銀座買的。那些東西到處都在賣。現在的女孩子，就算收到名牌也未必高興，除非是特別少見的，不過準子在這方面倒是很好應付。」

「穗高，」我瞪了他端正的臉一眼，「不能說好應付吧。」

我是替準子抗議，穗高卻解讀成完全不同的角度。因爲他大力點頭，然後說：「一點也沒錯。好應付的女人是不會在我婚禮前一晚自殺的。」

我無話可回，只是打量著他。他依然沒有領悟過來，繼續點頭。

「再不走就要來不及了。」穗高把義式濃縮咖啡喝完，起身大步邁向交誼廳出口。

目送著他的背影，我心中咒罵：去死吧你！

2

穗高離開後，我續點一杯咖啡，在交誼廳待到十一點十分左右，才前往會場。雙方的親戚朋友已經陸續到了，話是這麼說，但絕大部分都是穗高的賓客。

喜筵從下午一點開始，親戚以外的客人，一般只要十二點半到，時間就非常充裕，但由於請帖上面印有歡迎到教堂參加結婚典禮的字句，所以大家才會這麼早就來。

我和主持人以及飯店人員結束最後的討論後，到來賓休息室露個臉。業務上有來往的編輯和戲劇公司的人，各自形成小團體，手裡拿著水割威士忌（*1）或雞尾酒等飲料，談笑正歡，幾個和穗高有交情的作家也來了。我繞了一圈，向這些人打招呼。
「駿河先生，你們這樣不行啦！怎麼可以用這種做法拐走神林美和子！」按理說只喝一杯水割威士忌不可能醉，但一名算是資深的文學線男編輯，說這幾句話時卻有點結巴。
「拐走？怎麼說？」
「將來神林美和子的工作，也是由穗高企畫負責不是嗎？這樣她也可以節稅。可是以後我們就愈來愈難拿到她的稿子了。」
「關於神林小姐的工作，目前主導權還是在雪笹小姐手上。」
「那是現在，可是你們家穗高誠哪可能老是讓一個編輯獨占金雞母。」資深男編輯搖晃他的酒杯，威士忌的冰塊喀啦喀啦作響。
這位編輯原本是穗高的編輯，今天也是以男方賓客身分出席。然而他的注意力顯然集中在神林美和子身上。而且，這或許可以說是大部分出席人士的共通之處。即使排除「婚禮的主角是新娘」這個常識，今天的主角仍無疑是神林美和子。正因爲知道這個道理，穗高才會不計任何手段要得到她。
四處打招呼時，外面忽然騷動起來，響起類似歡呼的聲音。
有人說新娘準備好了，正從休息室出來。大家聽到便往出口走，我跟隨在後。
一來到休息室外，背對玻璃牆站立的神林美和子便映入眼簾。身穿純白新娘禮服的她，宛如豪華花束。平日不覺得她的長相有多豔麗，今天在專業化妝師的巧手下，她被打扮得有如洋娃娃。

神林美和子被人群簇擁，周圍多爲女客，遠遠望著她的我，想起了浪岡準子。準子也穿著她的結婚禮服，白色的連身洋裝及白紗，手上拿著捧花。她是以什麼樣的心情決定以那身裝扮自殺？我想像著準子在那間小公寓內，照著鏡子選衣服的情景。

不經意往旁邊一看，我發覺還有另一個人恐怕也是以複雜的心情望著新娘——神林貴弘。神林離簇擁新娘的人群有點距離，雙手抱胸凝視著妹妹，那張臉上沒有任何表情。我揣測著此刻他的心中思潮如何澎湃，緊張興奮的好奇心湧起的同時，也感覺到窺探墓碑底下的恐怖。

「你在看哪裡？」旁邊突然有人對我說。這才發現雪笹香織的臉就快碰到我肩膀。

「是妳啊……」

雪笹香織朝我剛才的視線看去，似乎很快便找到目標。

「你在看新娘子的哥哥啊。」

「不，我只是在發呆，剛好視線朝向那邊而已。」

「用不著掩飾。我一樣也是心驚膽跳的。」

---

*1 日本人創出的威士忌飲法，將威士忌和水以1:2.5的比例，加入放置冰塊的酒杯。

「心驚膽跳？」

「對。怕他不知道會做出什麼好事。」她以別有意味的神情說。「剛才他進了新娘休息室。」

「他是唯一的血親，這是當然的吧。」

「我們很識相，先出來，讓他們兩人獨處。」

「原來如此。」

「大概五分鐘的時間，休息室裡就只有他們倆，後來貴弘先生先出來了。」

「然後呢？」我催她說下去。我不知道雪笹香織究竟想說什麼。

雪笹香織壓低聲音。

「那時候，他嘴唇上有紅紅的東西……」

「紅紅的東西？」

她微微點頭說：「口紅，是美和子的口紅。」

「怎麼可能。妳看錯了吧？」

「我也是女人，是不是口紅，一看就知道。」雪笹香織仍朝著前方回話，嘴唇幾乎不動。在旁人看來，應該只是分別負責打點新郎和新娘的兩個人在討論吧。

「神林美和子的情況如何？」我也幾乎不動嘴唇地問。

「看起來很平靜，不過眼睛有點紅。」

「唉。」我嘆了一口氣。

在此之前，我從來沒有和雪笹香織提過神林兄妹的關係。但我們現在的談論，是以彼此都已知道爲前提。雪笹經常與神林美和子一同行動，我想她不可能不知道那對兄妹間異常的愛情，她顯然也認爲我一定早就發現了。

「總之，我只能祈禱今天的婚禮平安結束。」我仍看著前方說。認識的編輯從前面經過，我微微點頭致意。

「對了，那件事，後來有沒有變化？」雪笹問道。

「妳是說昨天那件事？」我右手捂住嘴問。

「還用問嗎。」或許是怕自己如果以難看的臉色望著新娘會很不自然，所以雪笹香織微笑作答。

「目前沒有，我想。」我也學她，微微露出笑容回答。

「你和穗高先生談過這件事了？」

「剛才談了一下。那傢伙還是一樣樂觀，認定一切都會朝有利於自己的情況發展。」

「要是被發現了，一定會亂成一團。」

「我早就有心理準備了。」

我們的密談進行到這裡時，身穿黑衣的中年飯店人員大聲說了幾句話，意思是婚禮即將開始，請觀禮的來賓前往教堂。客人三三兩兩開始移動。教堂就在樓上。

「我們也走吧。」我對雪笹香織說。
「你先請。我等新郎的龐大親友團就座後再入場。」
「對哦，妳是新娘那邊的客人。」
「少數派。對了。你等一下。」
她往後看，她的後進西口繪里站在聽不見我們對話的地方。
「妳把剛才保管的東西交給駿河先生。」
聽雪笹香織一說，西口繪里應了一聲，打開包包取出藥盒。
「這是剛才美和子託我交給穗高先生的。不過我很難走到新郎那邊。」
「上次說的鼻炎藥嗎？」我打開形似懷表的藥盒盒蓋，裡面有一顆白色膠囊。「可是我也得馬上進教堂啊。」我蓋上盒蓋放進口袋，環視四周，一個年輕侍者從旁經過。
我叫住侍者，把藥盒交給他。「請把這個送去給新郎」我說。

3

我和幾個朋友一起走向教堂，途中遇到剛才那個侍者。
「新郎好像很忙，所以我跟他說了之後，就放在休息室一進去的地方。」侍者說。
我問他穗高是否確實吃了裡面的藥，侍者抱歉地回答說他不確定。
要是新郎在婚禮和喜筵上狂流鼻水、猛打噴嚏，就太遜了——我想起穗高曾笑著這麼說。他應該不會忘了吃藥才對。

教堂在飯店四樓。飯店建築有一部分只到三樓，教堂便建在頂樓。

我們在服務生領導下進入教堂。中央通道鋪著白布，就是所謂的處女之路。服務生大聲提醒來賓千萬不要走在上面。聖壇裝飾著花，面向聖壇的右方便是男方賓客座位。

這時候，兩家的觀禮人數多寡顯而易見。右側的座位直到後方幾乎滿座，左側卻連一半都不到。

坐在這短短幾列座位最前排的人，是神林貴弘。他正襟危坐，雙手放在膝上，雙眼直盯著斜下方。從他白皙端正得令人聯想到假人的側臉上，還是無法看出他此刻的想法。

我們的座位前方，放著印有讚美詩歌歌詞的紙。我明明不是基督徒，卻必須唱這些，除了災難兩字實在無法形容。就連新郎新娘也和基督教沒有任何關係，我記得穗高誠說，他上次結婚，採用的是傳統神道儀式。

不久，神父出現了，是個戴著金框眼鏡、剛步入老年的瘦小男子。他一出場，眾人的嘈雜聲便戛然而止。

管風琴開始演奏。首先是新郎登場，緊接著就是新娘登場了吧。我低下頭，看著自己的手。後面傳來腳步聲。穗高昂首闊步的模樣浮現我眼底。雖然是梅開二度，但他似乎毫不在意，此刻一定也是意氣風發地走著。

腳步聲停住了。

奇怪，我瞬間這麼想。新郎應該要一路走到聖壇才對，但腳步聲卻還沒到我的位置。我抬起頭往回看，奇怪的是，看不到穗高的身影。

過了一兩秒，靠中央通道的幾個人一齊從座位站起來。其中有女性發出了小聲驚叫。

「怎麼了？」有人問。

「不得了了！」

「穗高先生！」

人人都看著中央通道的地板大叫，我這才察覺發生了什麼狀況。「不好意思、不好意思！」我推開眾人向前。

穗高誠倒在通道上，他面色如土，臉醜陋地扭曲，嘴裡冒出白色泡沫。他的容貌遽變，甚至一度讓我懷疑那不是穗高。但是那身材、髮型，以及白色晨禮服，都是他沒錯。

「醫生……快叫醫生！」我向四周茫然佇立的人群說，這才有人跑出去。

我看著穗高的眼睛，他那雙空虛張開的雙眼，已失去焦距。看來不用醫生來檢查瞳孔，結果已顯而易見了。

忽然間，我的手邊亮了起來，有光從外頭射進來。我抬起頭，教堂後面的門開了。四方形的入口中央，美和子的剪影在媒人的伴隨下出現。因爲逆光，看不見她的表情。此刻，她恐怕還沒發現出了什麼事。

純白的結婚禮服一瞬間模糊了。

雪笹香織之章

1

我首先該做的事，就是讓神林美和子躺在安靜的房間內。當她發覺穗高誠出了狀況，便撩起禮服的裙襬，跑過本應莊嚴隆重走過的處女之路。她親眼目睹幾分鐘後就要交換結婚誓詞的新郎死狀，因而全身僵硬，連聲音都發不出來。她的精神一定受到了旁人無法想像的衝擊，所以無論別人跟她說什麼，她都無法回答，也聽不見別人的聲音。無人攙扶的話，她無法站立，也無法行走。

我和攙住美和子的神林貴弘一起把她帶回房間。飯店所準備的套房，本來是今晚美和子與穗高誠的新房。

「我找醫生過來，在那之前，可以請妳照顧美和子嗎？」讓美和子坐在椅子上之後，神林貴弘說。我回說沒問題。

他離開之後，我幫美和子脫下衣服，讓她躺在床上。她全身微顫，眼睛盯著空間中的某一點，嘴裡傳出急促的呼吸聲，看來依然處於無法說話的狀態。即使如此，我只要握住她的右手，她也會用力地回握。新娘的手心嚴重出汗了。

我坐在床緣，一直握著她的手。神林貴弘什麼時候才會帶醫生回來呢？趕到這家飯店的醫生，首先要做的大概是確認穗高誠的身體狀況，希望醫生檢查完能立刻過來。我認爲醫生應該已經救不了穗高誠，在場的人都心裡有數。現在更重要的是活著的人。

終於，美和子的嘴裡發出喃喃話語。「咦？妳說什麼？」我試著問，但她沒回答。

我豎起耳朵。她的嘴唇沒有怎麼在動，但肯定是在問爲什麼、爲什麼？我更加用力地握著她的手。

就這樣過了將近二十分鐘，我聽到敲門聲。我鬆開她的手去開門，站在外面的，是神林貴弘和一個穿著白衣的中老年人。

「患者呢？」貌似醫師的男子問。

「在這邊。」我將他領到床邊。

老醫師量了美和子的脈搏之後，立刻爲她注射鎮靜劑，一直不斷發抖的她，過一會兒就入睡了。

「大概會睡上兩個鐘頭，最好有人可以在她身邊看顧。」老醫師一面收皮包一面說。

「我來。」神林貴弘說。

送走醫師後，我回頭對他說：

「我也一起留下來吧？」

「不了，我一個人就行。我想妳還有很多事得處理。剛才下面好像非常混亂。」

「應該是吧。」

「穗高先生，」他表情不變地說，「好像就那樣走了。」

我點點頭。我的表情應該也沒多少變化，消息突然，不知道該擺出什麼表情。

「死因是什麼？」

「這我就不知道了。」神林貴弘搬了一張椅子到床邊坐下。他的眼神一直停留在妹妹身上，對穗高誠的死顯得漠不關心。

2

我進了電梯，先到四樓，然而有制服警察站在通往教堂的走廊上。

「不好意思，這裡發生意外，目前禁止通行。」年輕警官語氣很粗魯。我默默折返。

再次進了電梯，來到三樓。然而這裡也杳無人影。一小時前，大廳內還有許多穿著正式的人來來去去，不一會兒卻已空無一人。「啊，雪笹小姐！」旁邊有人叫我。一看，西口繪里僵著一張臉朝我走過來。「我正要去找妳。」

「大家都去哪了？」

「這邊。」

西口繪里帶我去到來賓專用的休息室，但即使走近房間，也聽不見裡面有任何聲響。門關得緊緊的。

西口繪里開了門，我跟在她身後進去。室內是本應出席婚禮和喜筵的人們，每個人都表情沉痛。不時從某處傳來啜泣聲，大概是穗高的親戚。這代表即使他是那種人，但死了還是有人會為他哭泣嗎？除此之外，幾乎沒任何聲音，香菸的煙讓空氣變得又白又濁。

有幾個顯然不同於這些人的男子靠牆而立，好像在監視現場似的。從他們的眼神、態度以及感覺，我猜想他們應該是刑警。

西口繪里走近他們其中一人，在他耳邊說了句話，對方點點頭看著我，朝我走來。

「妳是……雪笹小姐吧。」這位年約五十、頂著小平頭的男子問道。他個子雖不高，但體格寬厚，結實得跟一堵牆似的。像是爲了配合他的體格似的，他的臉也很大，銅鈴大眼略有斜視的感覺。

男子說有點事想請教，我默默點頭。

他將我帶到外面，另一名年輕男性跟了上來，這一位則是膚色黑得像職業運動選手。

在這個兼作走廊的大廳裡，我和他們兩位在沙發上坐下。平頭男是警視廳搜查一課的渡邊警部，黑臉男是木村。

他們首先詢問我的基本資料。刑警既然會叫西口繪里來找我，自然不可能不知道我是什麼人，但我還是重新做了自我介紹。

接著，渡邊警部問我剛剛人在哪裡，我回答我陪在新娘身邊。警部大大點頭。

「新娘子一定嚇壞了。這麼說，她現在正在休息？」

「是的。」

「說話呢？她的狀況可以講話嗎？」

「不知道呢，」我偏頭思索，「我想今天大概沒辦法。」

我感覺得出自己的臉很僵硬。美和子都處於那種情況了，這些人還想向她問話？

「是嗎。那麼這一點就先請教醫生再決定。」警部瞄了木村刑警一眼然後這麼說。看樣子，只要取得醫生許可，他們還是想在今天就偵訊美和子。

渡邊警部又轉向我。

「請問您知道穗高先生已經死亡了嗎？」

「聽說了。」我回答。「事出突然，我吃了一驚。」

警部點了點頭，好像在說我想也是。

「其實關於穗高先生的死亡有幾點可疑之處，所以我們才會進行調查。我想可能會有很多地方讓您感到不愉快，還請多多包涵。」語氣雖然客氣，但他的語尾卻給人一種恐怕是刑警才有的威嚇感。聽起來也像是在宣告：接下來我就不客氣了。

「您指的可疑是？」我主動發問。

「這個嘛，事後我們會再說明的。」警部一語帶過，一副不打算回答的樣子。「當然，您也出席了婚禮？」

「出席了。」

「您是否看到穗高先生倒下？」

「如果您指的是那一瞬間的話，我沒有看見。因爲我坐在比較前面的位置，是直到大家騷動起來，我才注意到。」

「不只您，很多人都沒看見，據說是因爲在婚禮一直盯著新郎入場有失禮之嫌。」

我很想告訴這位警部何時何地一直盯著別人看都很失禮，但太麻煩，我就沒說。

「不過，還是有幾個人看到穗高先生倒下。據那些人說，穗高先生忽然非常痛苦，像是什麼發作一樣，然後很快就倒地。」

「發作……」

「有人說，他在倒下的前一刻按住了喉嚨。」

「哦……」由於不知該有什麼反應，我沒說話。

渡邊警部稍微將身子傾向我，並且仔細端視我的眼神。

「您似乎是以新娘賓客的身分出席，但據說與穗高先生也並非全無關係。您曾經擔任過他的責任編輯？」

「以前曾經擔任過一小段時間，不過只是形式而已。」我回答。爲什麼語氣會變得像在找藉口呢？

「您是否曾經聽說穗高先生有什麼宿疾呢？例如心臟或是呼吸系統方面的問題。」

「沒有。」

「那麼，穗高先生有沒有經常服用哪些藥物？」警部又問道。

我本來想答不知道，但話剛要出口，便又吞了回去。因爲我改變了想法，覺得撒不夠周全的謊，等於是拿石頭砸自己的腳。

「他常吃鼻炎的藥，說是一緊張就會流鼻水。」

「鼻炎啊。是錠劑嗎？」

「是膠囊。」

「今天穗高先生也吃了嗎？」

「我想應該吃過。」

刑警似乎對我篤定的語氣頗感興趣。

「哦。爲什麼您會這麼想？」

「因爲神林美和子小姐把藥寄放在我這裡，要我轉交給穗高先生。」

「請稍等一下。」渡邊警部伸手示意要我暫停，再將目光投向木村刑警的手，像是在吩咐他接下來可能是重要的話，要好好記下來。「鼻炎的藥，本來是由神林美和子小姐帶著的嗎？」

「是的。他們倆準備要去蜜月旅行，藥品統一由她攜帶。」

「她是什麼時候、在哪裡把藥交給您的？」

「在婚禮開始前不久，所以我想是十一點半左右。地點是在新娘休息室。」

「神林美和子小姐把藥放在哪裡？」

「她的包包裡。」

新娘休息室大約四坪左右。十一點半時，美和子身穿豪華新娘禮服，站在鏡子前。我承認，她的美令我嫉妒，眞希望能長得像她那樣惹人憐愛。但我倒是一點也不羨慕穗高誠的新娘這個角色。我冷靜的頭腦認爲，這很可能就是她不幸的開始。正因爲這條路前方烏雲若隱若現，眼前美和子一無所知、容光煥發的模樣，令我倍感心痛。

當時美和子換下來的衣物和東西，都放在房間的角落，包包也一樣。美和子請我去拿那個包包。是我將包包遞給她的。

除了我，西口繪里也在場。美和子當著我們的面打開包包，取出藥瓶和藥盒。她把一顆藥裝進藥盒後交給我，請我轉交給穗高。

我接過藥盒，但我說怕自己拿會弄丟，馬上轉交西口繪里。

不久，新娘要離開休息室了，我和西口繪里也走出去，緊接著便遇到駿河直之，因此我指示西口繪里將藥盒交給他。

我說完上述的話，渡邊警部雖然連連點頭，卻仍以銅鈴大的眼睛看著我。

「爲何要交給駿河先生，而不是自己直接轉交？」

「穗高先生身邊一切事務皆由駿河先生負責，我又須待在神林美和子小姐身邊……」

「原來如此。」警部說到這裡又看木村。代表「都記下來，沒遺漏吧？」的意思嗎？

我發覺警部他們並沒有問我駿河是誰，這表示他們已經問過駿河直之了。如此當然應該已經從駿河嘴裡得知藥是從我們這裡拿來的。儘管如此，渡邊警部仍一副完全不知道有鼻炎藥的樣子，那種態度與其說是令人生氣，不如說讓我感到無聊。

「請問……」我在這時候發問。「那個藥不好嗎？」

「您的不好是指？」警部那雙有斜視之嫌的眼睛轉回來看我。眼底深處的光，有著摸不清底細的狡猾。

「穗高先生是因爲那個藥，才會這樣的嗎？」

「您的意思是，原因是鼻炎藥？」

「不是的，我不是那個意思……」我說到這裡停下來，再次看著警部的表情。他們的眼神似乎在觀察什麼，好像在說，來聽聽這個女的會講些什麼。既然如此詳細地詢問膠囊的事，可見警方確實懷疑其中的內容物。明明懷疑卻又裝傻，這種做法一定是基於盡可能讓對方說話的調查理論。我決定依照他們的方針行事。

「穗高先生吃進去的可能不是鼻炎藥，是不是這樣？」我問。「也就是說，膠囊裡裝的是毒藥之類的東西。」

「哦？」渡邊警部尖起了嘴唇。「這意見相當有意思。您是這麼認爲的？」

「因爲，您一直問藥的事……」

我的話讓警部笑了。很狡猾的笑。

「我們只是想盡力從客觀的角度了解穗高先生倒下之前的狀況。目前還沒有考慮是否被下毒，那也未免跳太遠了。」

搜查一課都已經出動了，不可能沒考慮到他殺的可能性，但我沒說話。這大概就是他們的做法吧。

「雪笹小姐，」渡邊警部以略微嚴肅的語氣說，「您會這麼想，有什麼根據嗎？」

「根據？」

「是的。或者也可以說是妳想到些什麼嗎？」

警部身邊的年輕刑警，以獵犬般的神情擺出架勢。看到他的神情，我明白了，這才是他們兩人眞正想問的問題。當然，他們也早已考慮到我在藥裡動手腳的可能性。

「沒有，」我回答，「我沒有那方面的根據。」

木村刑警的失望寫在臉上，但渡邊警部只是嘴角露出笑容，點了點頭，他大概是根據過去的經驗，知道事情不會這麼順利進行吧。

之後，警部問起穗高誠和神林美和子身邊最近有沒有發生怪事，我回答沒什麼特別有印象的。本來這個局面應該要提起浪岡準子，但我料想駿河直之一定沒說，所以沒提。

3

結果我們被留置到將近傍晚五點。來賓休息室就算再大，兩百多人一直坐在同一個地方，壓力也會逐漸累積。本來在穗高的親人面前不好意思說話的客人也漸漸開始抱怨，其中還有人和警官槓上。男人的怒吼聲、女人歇斯底里的說話聲此起彼落，要是再晚三十分鐘放人，搞不好會發生暴動。

警方再三確認今晚過夜的地點、往後的聯絡方式之後，我們總算得以離開飯店。我想先看看美和子，便去了一趟房間，但房裡已經沒人。向櫃檯打聽，說是神林兄妹已經回家，並不清楚警方是否已偵訊過。

我在飯店前上了計程車，告訴司機：「到銀座。」

我在銀座的三越旁下計程車。和光大樓的時鐘指著六點三分。我進了與三越相隔一戶的一家店，一樓是咖啡廳，二樓是西餐廳。我上了樓。

雖然是假日傍晚，但店內座位有一半是空的。我環視店內，在最靠邊可以俯視晴海通的桌位找到了駿河直之。他爲了避免引人注目，已脫去禮服外套，但白襯衫白領帶的裝扮，即使遠看仍然突兀。

駿河一注意到我，便把桌上的濕毛巾推到旁邊。他面前有盤子，看起來像是吃完了咖哩之類的東西，現在他正在喝咖啡。從早上就沒吃飯，難怪會肚子餓。

我們是在離開休息室前便約好在這裡碰面，當時他像貓一般迅速靠過來，在我耳邊悄聲說，六點三越旁的餐廳見。我們曾經爲了開會討論來過這家店幾次。

我的肚子照理來說也該餓了，但我只點了柳橙汁。看來胃的神經徹底遲鈍了。

我們暫時沒說話，也沒看對方。駿河喝完他的咖啡，才開口說第一句話。

「事情變得很麻煩。」他在大口吐氣的同時說。

我抬起頭來，這時候視線才第一次對上。駿河雙眼充血。

「你跟警方說了什麼？」

「不太記得了。整個偵訊是在我什麼都沒搞清楚的狀況下進行的，我只是把我看到的說出來而已。」駿河從桌上拿起萬寶路菸盒，抽出一根菸。菸灰缸裡已有六根菸蒂。

「可是，」我說，「你沒說浪岡準子小姐的事吧？」

「那當然。」

駿河單手晃動，熄了點菸的火柴，丟進菸灰缸裡。

「她的事我也沒說。」

「我就知道妳一定會幫忙保密。」駿河似乎略感安心。

「那麼，關於死因……」我剛說，駿河便伸手制止。服務生正把我點的柳橙汁送上來。

等服務生走遠了，我才把頭湊過去。「知道穗高先生的死因了嗎？」

「關於這點，刑警什麼都沒說。我想應該還不確定吧，可能要等解剖完。」

「可是你應該知道吧？」我問。

「妳也是啊。」駿河還擊。

我拿出吸管，喝了柳橙汁。

「他們一直問藥的事。」

「我想也是。」駿河點點頭，看看四周。似乎是在提防有刑警監視。「我也被問了。不過在那種狀況下，也難怪他們要問。」

「藥的事，是你說的？」

「不是，是刑警先提的。刑警好像是聽飯店的服務生說的。」

「服務生？」

「警方先是調查穗高在倒下前吃過些什麼。大概是從屍體狀態判斷中毒的可能性很高吧。不久就有個服務生出面，說他把藥盒送到新郎的休息室，是駿河先生要他拿去的。」

「所以刑警就來問你。想必你會回答藥盒是從西口小姐那裡來的，這也是事實。」

「當時妳正好和西口在一起，所以妳也被調查了？」

「看來是這樣沒錯。」我總算掌握事情的脈絡了。「警方是不是認爲美和子帶的那瓶藥裡面混了有毒的膠囊？」

「應該要看剩下的膠囊裡面是什麼吧。要是發現其中有一顆有毒，結論應該就是穗高吃了同樣的藥。可是假如剩下的膠囊都沒有問題，就只能說有那個可能性吧。就算解剖之後驗出體內有毒物，也無法知道是怎麼吃進去的。」

駿河吐出的煙碰到玻璃窗的表面而散開，夜景瞬間模糊。

我覺得很奇妙，我和這個人從來沒有如此親近地說過話。我們兩人之間只有一個交集，就是好大喜功的穗高誠。但如今穗高已經不在人世了。

啊，是的。那個男人死了。我好想大聲說。但是，就把念頭忍耐到返回公寓、關上門、緊緊拉上窗簾，獨自一人在房裡的時候吧。「問你。」我把臉湊得離駿河更近。

「嗯？」

「下毒的，果眞是浪岡準子小姐……對吧？」我小聲說。

駿河臉上瞬間閃過狼狽的神情。他看看四周，微微點頭：「應該是吧。」

「就是裝在那個瓶子裡的膠囊吧。裡面裝的果然是毒藥。」

「這樣想應該很合理。」駿河急促地抽了口菸。「我想她本來是打算把穗高的鼻炎藥整瓶換掉，結果沒有成功，但看樣子倒是成功把有毒的膠囊混進去了。」

「把膠囊裝進藥盒的是美和子，所以有毒的膠囊本來就在瓶子裡了。浪岡準子小姐是什麼時候把有毒的膠囊混進瓶子裡的？」

「應該是昨天之前吧。悄悄溜進屋裡。」駿河將短菸頭在菸灰缸裡熄滅。「對她來說，穗高家就像自己家一樣，她應該知道鼻炎藥的藥瓶放在哪裡。再來就看她是什麼時候進去的了。不要看穗高那個樣子，其實有些粗心大意，所以機會可能還蠻多的。」

「她可以說是成功達成強迫殉情的目的了。」

「是啊。不過穗高是自作自受。這讓我再次體認到，女人眞是可怕的生物。」

對於這種陳腔濫調，我不予置評，現在說這個有什麼用。

我在腦海中一一確認到目前爲止有無矛盾之處，看來應該沒有大問題。

「這麼一來，」我看著駿河，「就看浪岡準子小姐的屍體何時被發現了……是吧？」

「關於這一點，有幾件事我想請妳答應。我請妳到這裡來，就是爲了這個。」他以嚴肅的語氣說。

「什麼事？」我問。

「首先，我想請妳當作什麼都不知道。像是浪岡準子在穗高家自殺的事，還有我和穗高搬運屍體的事。」

「這我知道。」

「因爲現在狀況不同了，我會把浪岡準子和穗高的關係如實告訴警方。不這麼做，便無法解釋她爲何要對穗高下毒。」

「也對。」

「想當然耳，這件事也會傳進神林美和子耳裡，對她造成雙重打擊。」

我明白駿河想說什麼了。

「我明白了，到時候我會盡力不讓她失控的。」

「拜託妳了。我不希望再有人犧牲。」駿河叼了一根新的菸，吐煙的模樣顯得比剛才從容了幾分。

「你以後有什麼打算？」我問。

「不知道，只能走一步算一步。」駿河望著玻璃窗外回答。

在店門口和他分別之後，我坐上計程車，回到位於月島的公寓。途中我頻頻回頭，確認有無車輛尾隨，但我不覺得有刑警跟蹤。

一進屋，我便脫掉參加喜筵的拘束衣物，只穿著內衣站在試衣鏡前，手插著腰，挺起胸膛，看著自己的模樣。

一陣激動從體內翻騰而上，我不知該如何宣洩，只是握緊拳頭。

我復活了。心被穗高誠殺死的雪笹香織，今天復活了。

是我下的手。是我殺了他。

駿河直之之章

1

和雪笹香織話別之後，我並沒有像她一樣直接回家，而是折回赤坂的飯店，到一樓交誼廳見穗高的父親和哥哥。他父親以前是計程車司機，如今已經退休，據說由長男夫婦照顧。長男——也就是穗高的哥哥，在地方信用金庫工作。他們看來十分踏實，令我有些吃驚，實在無法想像他們竟是穗高的家人。

兩人均帶著太太前來，但此刻她們正在房裡休息。他們是今天一大早開著豐田迷你休旅車Estima從茨城來的，本來打算吃完喜酒後在這裡住一晚，明天去東京迪士尼樂園看看，再走高速公路回去。穗高的哥哥嫂嫂有個上幼稚園的女兒，本來要在婚禮上獻花給新郎新娘，爲了這個重責大任，他們夫妻甚至放棄爲自己添購新衣，省下錢讓女兒穿最高級的衣服。告訴我這件事的不是別人，正是穗高。

我必須和他們討論穗高葬禮的相關事宜。什麼時候辦、在哪裡辦、要辦得多盛大，要聯絡什麼人。該決定的事多得不得了。人家常說，葬禮存在的目的，就是要讓人無暇傷心，的確非常中肯。

話雖如此，他們本來是爲了出席兒子和弟弟的婚禮而來到東京，如今卻突然要他們去參與同一個人的葬禮，實在是強人所難。不說別人，像我雖然已經拆下白領帶，但除此之外，全身上下仍是婚禮時的打扮。

做父親的看來比今早初次碰面時足足老上十歲，無論對他說什麼，他似乎都無法思考運作。做哥哥的勉強還明白他們必須做點事，但頭腦也尚未切換過來。同一件事，我必須向他們說明好幾次；同一個問題，我也得回答好幾遍，結果幾乎所有的事都由我決定。

葬禮將在茨城舉行，殯葬公司明天由我聯絡，請他們依不同形式估價後，再讓穗高的家人決定要選擇哪種等級。遺體何時可領回，明天由我去問警方。大致做出這些結論，就花了近兩小時的時間。這兩個小時與其說是討論，不如說只有我單方面一直講話。

「很多事都要麻煩你，因爲我們對弟弟的生活實在一無所知。」討論告一段落後，名爲道彥的穗高哥哥過意不去地說。據他說，穗高這兩年連過年都沒有回茨城。

「哪裡，凡是我做得到的，請儘管說，千萬不要客氣。」這幾句話是違心之論。我打定主意，等事情都安排得差不多後，就交給這對父子了。我要看好時機撇清關係，若還得爲穗高企畫的債務處理善後，那還得了。

「但是人的一生眞是難以預料啊，偏偏在結婚這天發生這種事。我一直以爲他身體算強壯的，沒想到竟然會心臟痲痺，實在令人難以置信。」穗高道彥難過地說。

從這些話，聽得出警方並沒向他們提過他殺的可能。心臟痲痺想必是刑警隨便說的。

「請問，本來應該當新娘的那位，叫什麼名字啊？」一直保持沉默的父親結結巴巴地說。兒子告訴他，是美和子小姐，他才接下去說：「對，美和子小姐。她該怎麼辦呢？已經入籍了嗎？」

「沒有，應該還沒有入籍。」我說。

「那就好。省了麻煩的手續。」道彥露出稍稍寬心的神情。

所謂麻煩的手續是什麼？是擔心神林美和子會留下離婚紀錄嗎？後來我才想到是遺產繼承。的確，假如已經入籍，那麼穗高的財產，包括石神井公園的房子在內，都將屬於美和子。我重新打量其貌不揚的道彥，也許他的人品不像他的外表那麼純樸。

「我本來還指望他和這次的太太能夠長長久久的。」年邁的父親半瞇著眼，感慨萬千地說，眼角堆滿皺紋。

我回到練馬的公寓時，已經十一點多了。今天應該是相對涼爽的一天才對，但我的白襯衫腋下卻被汗水浸濕了。我自知滿臉出油，劉海貼在額頭上，令人極其不快。

我將禮服披在肩上，從公寓正門走進去時，看到兩個男人站在附自動鎖的大門前。其中一人身穿咖啡色西裝，另一個則是淺卡其色工作褲搭配深藍色外套。兩人均是三十來歲近四十歲的年紀，體格也差不多，但咖啡色西裝的更高瘦一些。

一看到我，兩人立刻靠上來，這反應我也料到一半。換句話說，從見到那兩人的一瞬間，我就知道他們是什麼人了。這種形容雖然老套，但他們眞的有一種獨特的味道。

「駿河先生嗎？我們是搜查一課的人。」咖啡色西裝一面出示手冊一面說。他自稱姓土井，深藍色外套的姓中川。

又有什麼事嗎？我問。冷漠的聲音是我故意裝出來的。

「有一些新的問題想請教。可以占用您一點時間嗎？」土井說。

就算說不行，這些人也不可能摸摸鼻子就走，而且我對警方掌握了什麼線索也感到好奇。說了聲「請進」後，我以鑰匙打開了自動鎖的門。

我的房間雖然是兩房兩廳，但也兼作穗高企畫的辦公室，加上最近穗高搬了一堆紙箱來，屋裡變得像電器行的倉庫一樣。不過我大概猜得出紙箱裡裝的東西，是會令人想起穗高上一段婚姻生活的種種物品。就算神經大條如穗高，似乎也知道不能讓新嫁娘看到他跟前妻的情侶T恤，或是結婚照之類的東西。

紙箱裡也有他的前妻以宅配寄回給他的東西。據穗高說，她再婚之際，上一段婚姻的紀念品變得礙事，因此突然送還給他。

所謂的離婚，就是這麼一回事——我還記得穗高苦笑著說的表情。

因爲房間太過雜亂，兩名刑警也嚇到了。我一面提醒他們小心腳下，一面請他們在餐桌旁坐下。電話答錄機的燈顯示有留言，但我決定不在這時候聽。誰也不能保證雪笹香織會不會留下不該有的留言。

莎莉從紙箱後面出現，雖然對不速之客起了戒心，仍來磨蹭我的腳。我將牠抱起來。

「好可愛的貓，是什麼品種？」土井刑警問道。我說是俄羅斯藍貓，刑警不置可否地點頭，大概完全不了解貓的品種吧。

「失去了作家，事務所會怎麼樣呢？」深藍色外套的中川環視著室內問。

「會倒啊，」我說，「肯定的吧。」

兩名刑警對看一眼，那個氣氛顯然是覺得這種情況很有趣。他們大概以為作家是躺著就能賺錢的人，所以對作家感到不是滋味。

「請問兩位要問我什麼事？」我催他們發問。我相當累了，沒有心情和刑警閒聊。

「聽說昨天有幾個人聚在穗高先生家，為今天的婚禮做準備。」

我點頭說是，猜得出刑警想說什麼。

「當時，」土井繼續說，「聽說院子裡出現一名女子。」

果然，我就知道是這件事。我以「眞沒意思」的表情點頭。

「是的，的確有這件事。」

「這名女子是什麼人？聽神林先生說，這名女子與您似乎相當親密地談話。」

神林貴弘那個人，該看的時候都看到了。我現在還是別胡亂敷衍的好。

我面向刑警，刻意嘆了一口氣，然後輕輕搖頭。

「那是浪岡準子小姐，動物醫院的助手。」

「動物醫院？」

「我有時候會帶牠去那家醫院。」說著，我放開了莎莉，牠向窗奔去。

「這麼說，她是您的朋友？」土井問道。

「本來是的。」

「您的意思是？」土井臉上浮現好奇之色，中川的身子也向前傾。

「她是穗高的忠實讀者，因此我把她介紹給穗高。他們倆似乎就此展開交往。」

「交往？可是穗高先生今天卻和別的女性舉行婚禮？」

「是啊。所以，也就是……」我輪流看了兩位刑警之後，聳聳肩說，「也就是說，她被拋棄了。」

「關於這件事，我們想再深入了解。」土井重新坐好，大概是表示要好好坐下來談。

「當然沒問題，但與其問我，不如請教她本人吧？何況她就住在附近。」

「啊，是嗎？」

「是啊，」我點了一下頭，「就是這棟公寓。」

兩位刑警同時睜大眼睛。

「這是……巧合嗎？」土井問道。

「是的。應該說，因爲住同一棟公寓，我才會認識她。」

「原來如此。請問是幾號房？」

「三〇三。」

中川迅速抄下，屁股已經有一半離開椅子了。

「昨天您與這位浪岡小姐談了些什麼？」土井問道。

「其實說不上談話，是我在安撫她。她很激動，說她想見穗高的結婚對象。」

「然後呢？」

「我就請她先回去了。就這樣而已。」

土井點了兩下頭，然後起身道：「誠如您所說的，我們還是去請教本人好了。」

「三〇三號室一出電梯就到了。」

土井道了謝。這時中川早已穿好鞋。

刑警們離開之後，我從冰箱裡拿出三百五十毫升的罐裝百威啤酒。牆上的時鐘指著晚間十一點二十八分。

到了十一點半，刑警們一定會騷動起來。我也只剩這兩分鐘能慢慢品嘗啤酒了。

2

時鐘走到十二點半，日期已經變了，但對我而言，今天似乎暫時還不會結束。早上的預感很準，果然是長得嚇人的一天。

「我再確認一次，昨天浪岡準子小姐雖然進了穗高先生家的院子，卻沒有進入屋內，是吧？」渡邊警部嚴肅地問道。

「就我所見，是的。」我慎重回答。

談話地點在我房間。兩層樓之下，現場搜證想必進行得如火如荼。想到同層樓的住戶深受其擾，不禁有點同情。我把窗戶全關上，因此沒聽到什麼聲音，但這棟公寓四周大概被看熱鬧的人包圍而喧囂不已。剛才從上面看下去，五輛警車四周聚集不少附近的人。

我本來就打算看好時機，告訴警方有個被穗高拋棄的女子，名叫浪岡準子。屍體在今晚被發現，雖然不在我的計畫之內，但倒是省了不少麻煩。

接著我被土井帶到三〇三號室，要我去看屍體。他問我是否確定死者是浪岡準子，我回答是她沒錯。不用說，我當然演出對事態大感驚愕，並害怕屍體的戲碼。

土井刑警臉色大變地回我房間時，是十一點三十三分，當時我的百威還喝不到一半。

土井交代我在自己屋內等待時，渡邊警部來了，他似乎是刑警的現場負責人，針對浪岡準子和穗高誠的關係等等，展開詢問。除了移動過她的屍體這事之外，我都照實說了，連準子曾經爲穗高墮胎一事也沒有保留。

「照您這麼說，浪岡準子小姐似乎對穗高先生相當怨恨，關於這一點您認爲呢？」渡邊以透視我雙眼的神情發問。

「也許是吧。但是……」我回視渡邊警部那張應該未曾理解女人心情的國字臉，接著說，「我認爲她還是愛穗高的，一直到最後都是。」

渡邊警部以複雜的表情點頭。也許我後面那句話對辦案並沒有幫助。

刑警過了半夜一點才離去。他們走了之後，我才吃泡麵裹腹。作爲結束漫長一天的晚餐而言，這頓飯還眞是寒酸。

塡飽肚子後我去沖澡。總算能脫掉這身穿了一整天的禮服了。我把長褲的摺痕對齊，掛在衣架上，避免產生皺紋。明天或後天，我還得穿這件褲子去守靈。

走出浴室，我才想起電話答錄機，按下播放鈕。令人吃驚的是，竟然有十三通留言，全都是媒體打來的，希望針對穗高的死進行採訪。明天媒體攻勢想必會更加猛烈，光是思考要如何應付，我頭就痛了。

穗高猝死於中午十二點左右，所以傍晚以後的新聞節目，自然來得及報導。這時候，全日本的人都知道了。

我打開電視，但畢竟已經將近深夜兩點，沒有任何一台在播新聞。

再來就是報紙了。因爲是星期天，沒有晚報。不，就算有，應該也來不及報導。

這時我想起還沒有去拿星期天的報紙。雖然沒有特別想看的新聞，我還是下樓去拿，同時也有另一個目的：去看看警方的調查進行得如何。

我沒搭電梯，而是走樓梯下去，這是爲了窺看三樓的狀況。但就我從逃生梯看過去的景象，三〇三號室的房門緊閉，裡面也似乎沒有辦案人員的動靜。我以爲這時應該會有警察盯梢，但也不見類似的人影。

我從三樓搭電梯來到一樓。從自動上鎖的門走出去後，左邊就是一排排住戶的信箱。有一名男子站在那裡。他身穿近乎黑色的深綠色西裝，身高將近有一百八十公分，肩膀很寬，顯然曾從事某種運動。

男子面向信箱，不時彎下腰來，好像在觀看內部。他看的是三〇三號室的信箱，我不禁有點緊張。是刑警嗎？

我若無其事地走向自己的信箱，信箱是轉對三個號碼就會開啓的那種。我知道我在轉號碼時，高個男子朝我這邊看。我有股他會跟我說話的預感。

「您是駿河先生吧？」果然。他的聲音很低，但很響亮。

我回答我是。「你怎麼知道我的姓名？」

「因爲房間號碼。」男子說。他膚色偏黑，五官輪廓很深，年紀大約三十四、五吧。

「您是？」我問。

男子低頭行了一禮：「敝姓加賀，是練馬警署的。」

「加賀先生？」

「加賀百萬石的加賀。」

「哦。」很罕見的姓氏。「您在這裡做什麼呢？」

「沒什麼，只是在想，」加賀掀起三〇三號室的鎖，「有沒有辦法把這個打開。」

我吃驚地看著他說：「這樣不會不太好嗎？就算是刑警先生做這事也不太好吧？」

「是不太好。」加賀笑了笑，又往信箱裡看。「但裡面有個東西，我很想拿出來。」

「什麼東西？」

「麻煩您過來一下。」加賀向我招招手，指著信箱口。「請看看裡面，有宅配的配送通知吧？」

「是啊。」裡面的確有張紙，但因爲很暗，看不清上面寫什麼。「有問題嗎？」

「上面寫的看起來是星期六下午三點三十分。」加賀再次往信箱裡看，然後這麼說。

「有什麼問題嗎？」我問。

「假如這張通知是三點半放進去的，就表示當時浪岡小姐不在家。但是，根據相關人士，也就是您的說法，浪岡小姐下午一點多已經離開穗高先生家不是嗎？那個時間離開石神井公園，動作再慢，應該也能在兩點前回到家才對。浪岡小姐究竟繞到哪裡去了呢？」加賀口齒清晰地說。

我心頭一凜。星期六三點半，浪岡準子一定還在穗高家的院子裡，然後在自殺前一刻，以手機打電話給我。

「也不見得一定不在吧？」聽我這麼說，加賀不解似地偏著頭。我看著他繼續說：「我是說，也許那時候她已經死了。」

這個說法應該沒有說不通的地方，但練馬署的刑警不知爲何仍一臉無法釋懷的神情。

「有什麼疑點嗎？」我問。

加賀看著我。

「樓下的人聽到聲響。」

「樓下的人？」

「就是二〇三號室的人。他說他確定在星期六的傍晚聽到樓上有聲響，當時天已經黑了，推測是六點鐘左右。他說平常完全不會注意到這些，但因爲感冒，一直躺在床上，才碰巧注意到的。」

「哦……」我心想，一定就是我和穗高合力搬運屍體的時候。當時確實沒有心思去留意腳步聲。

「因此，浪岡小姐的死，至少必須是在那之後，否則就很奇怪了。」加賀說。「當然，假如腳步聲不是浪岡小姐發出來的，就另當別論。」

後半部的話聽來意有所指，因此我回視加賀的臉，但他看來似乎不是刻意影射。

「如果是這樣的話，」我把報紙夾在腋下準備離開，「會不會是離開穗高家之後，晃到哪裡去了呢？既然都想要自殺了，精神方面可能不太穩定吧？」

「是啊。但是究竟去了哪裡呢……」

我打開自動上鎖的門走進，加賀竟也一臉理所當然地跟在身後，還想一起搭電梯。

「還有什麼要調查的嗎？」我一進電梯便按下5和3，然後問他。

「沒有，我純粹是看守現場，打雜的。」

加賀雖然這麼說，但聽起來並沒有轄區刑警的自卑。嘴唇上浮現的一絲笑意，令人感到他有種莫名的自信，讓我心裡有點毛毛的。

電梯停在三樓。

「那麼我先走了。今天發生很多事，辛苦您了，請好好休息。」加賀說著走出電梯。

「哪裡，刑警先生也是。那我要上去了。」我按了電梯的「關」鍵。

然而，加賀突然伸出右手，把正要關上的門擋住，我不禁略略向後仰。

「最後可以再請教您一件事嗎？」

「請說。」我壓抑著心中些許的波動說。

「駿河先生與死去的浪岡小姐很熟吧？」

「是啊，還算熟。」不知他要問些什麼？我心中暗自提防。

「就駿河先生所知，浪岡小姐是什麼個性的人？是纖細，還是比較偏向不拘小節、大而化之的類型？」

這人的問題還眞奇怪，到底想怎麼樣？

「纖細啊。不然也不能從事動物相關的工作吧？」

加賀對我的回答點點頭。

「聽說她在動物醫院上班？」

「是的。」

「也會注重穿著打扮嗎？」

「我想是吧。我沒看過她有什麼奇特的打扮。」

「是嗎。但還是有點奇怪。」

「哪裡奇怪？」我有點沉不住氣了。這個人到底要按著電梯門到什麼時候？

加賀指指近處三〇三號室的門。
「您聽說她留有遺書嗎？」
「聽說了。」
「她寫在傳單背面，美容沙龍的廣告傳單背面。」
「哦？」我試著做出首次耳聞的表情。
「您不覺得奇怪嗎？爲什麼偏偏把自己最後的遺言寫在傳單背面？我們稍微查過房間，有很多美麗的信封信紙。而且，那張傳單的一邊還被裁掉了。」
果然有人注意到了……我想著。這我老早就料到了。
「不知道呢……會不會是滿腦子想著自殺，所以失常了？」
「但就狀況而言，看起來不像是一時衝動的自殺。」
「這個嘛，」我聳聳肩，呼了口氣，「我就不知道了。畢竟我沒有自殺的經驗。」
「說得也是。當然，我也沒有。」加賀笑了，露出雪白的牙齒。但他很快地闔上嘴，微微偏了頭。「還有另一件令人在意的事。」
「什麼事？」
「草皮。」
「草皮？」
「是的。浪岡小姐的頭髮上沾到枯草。我在想，爲什麼會沾到那種東西呢？如果不是在公園草地裡睡覺，一般應該是不會沾到吧。」

我沒作聲。應該說我什麼都不敢講。

「駿河先生，」刑警說，「穗高先生的院子有草皮嗎？」

我只能無奈點頭回答：「有。」

「是嗎。」加賀盯著我的臉看，我差點想轉移視線，但還是筆直地回視他。

加賀總算放開電梯門上的手。

「不好意思，攔住您了。」

「失陪。」等門完全關上，我終於鬆了一口氣。

回到自己的房間，我喝了一杯水。喉嚨乾得不得了。

浪岡準子房間的鎖，我並不是沒考慮到。但是只要沒有備份鑰匙，就不能從外面上鎖。比起室內沒有鑰匙的不自然，我選擇了沒有鎖門的不自然。

不會有事的，只不過是一點小小的不自然，警方查不出眞相的。只要一口咬定不知道、不曉得就好。

只不過……

練馬署的加賀，也許要多提防這個人。準子頭髮上竟然沾了枯草，實在太失策了。只不過，就憑轄區一個刑警的力量，想必也成不了什麼大事。

睡在餐桌上的莎莉醒了，牠伸了伸懶腰。我雙手將牠抱起，站在玻璃窗前。像這樣和貓一起看自己的影子，是我的樂趣之一。

「一定要每天這樣撫摸牠哦。聽說，這樣的觸感對貓咪來說，就像被媽媽舔一樣。」

浪岡準子邊撫摸莎莉的背邊說著這番話的側臉，浮現在我腦海中。

漫長的一天，終於要落幕了。

我心中毫無罪惡感。我只是做了該做的事而已。

我將映在玻璃上的貓咪臉孔和浪岡準子重疊在一起，心中低語：

準子，我已經幫妳報仇了。

我幫妳殺死穗高誠了。

神林貫弘之章

1

女高音清澈的歌聲，如風般拂過我的內心。這是《費加洛的婚禮》其中一幕。我閉上眼睛，浮現出凌駕在雲層之上的天空情景。無論心中積有多少骯髒污穢，那美妙的聲音都能將一切一掃而空。我似乎能了解鯊堡監獄的受刑人突然聽到從擴音機裡流瀉出此歌聲的心情。

美和子睡在旁邊的床上。看著她平靜的睡臉，眞希望讓她永遠這樣睡下去，因爲等她醒來，一定會被痛苦的現實所攻擊。

已經凌晨三點了，我卻毫無睡意。

美和子昨天下午四點左右在飯店醒來。當時她好像想不起發生了什麼事、自己爲何會躺在那裡。因爲她看著我，喃喃問道：「我怎麼會在這裡……」

我想向她解釋，因爲我想她可能把一切都忘了。但我還沒出聲，她便捂住自己的嘴，含淚說道：「原來……那不是夢。」

我什麼都說不出口。對於她希望那件事是場噩夢的心情，我感同身受。

美和子的號哭持續了好幾分鐘。她嘶吼地哭著、像孩子泣訴傷口疼痛般。她一定傷得很深。她的心絕對出現了如同被開山刀砍過的重傷，而血正從傷口汩汩湧出。我只能在一旁看著。

美和子忽然止住淚水，從床上起身準備走出去。我拉住她的手，問她想去哪裡。

「誠哥那裡。」美和子說。「我要去看他。」

她想甩開我的手，力氣之大彷彿被附身，反覆說著：「非去不可，我非去不可。」

「他的遺體應該已經被運走了。」我說。她像發條鬆開的人偶般停頓住。

「運到哪裡？」她問。

「……醫院吧。必須調查死因，所以我想是警方運走的。」

「死因？警方？」美和子的臉變形，坐回床上。她雙手抱頭，身體不住地搖晃。「你在說什麼？我怎麼都聽不懂？」

我在她身旁坐下，輕輕環住她纖細的肩。

「現在沒有人清楚究竟發生了什麼事。唯一知道的，就只有穗高先生已經死了。」

她又嗚咽了，癱軟在我身上，把臉埋進我胸口。我輕撫她發抖的背。

我想讓美和子多睡一下。可是她說光是待在這裡就很痛苦，更不想睡在這裡。

我才想起這是爲婚禮結束的新人所準備的新房。

不久，刑警敲門，是位穿著咖啡色西裝的刑警。「有事想向令妹請教一下。」他說。

我說今天不方便，對方仍不肯走，說那就先請教我。於是我開了條件，表示我不想離開妹妹身邊，如果可以我想現在就帶她回家，等回到家之後，我願意接受警方的偵訊。

警方毫無異議地答應了我的要求，准許我們回家。只不過，警方的車就緊緊尾隨在我們搭乘的計程車之後。

回到橫濱的家，等美和子在她熟悉的床上躺好之後，我請刑警進門。

刑警提出的問題，有很多我都不明白究竟所爲何來，而且感覺上無關條理邏輯，時間、空間都跳來跳去。一連問了好幾個像是閒聊的問題後，突然又問起穗高誠的人品。這種毫無脈絡可循的發問方式，不禁令人擔心他們能否整理出重點。當然他們有他們的用意，警方想必是盡可能不讓受訪者得知哪個部分才是他們的搜查重點——我這樣解釋。事實上，他們甚至沒有明言穗高誠的死有他殺的嫌疑。

就結論而言，我能爲警方提供的情報並不多，因爲我對穗高誠這號人物幾乎一無所知，無能爲力也是當然的。看樣子，刑警是在尋找不樂見穗高誠和美和子結婚的人，但我當然不會報上自己的名字。

即使如此，我還是說了一件令他們大感興趣之事，就是星期六午間在穗高家看到的那名奇怪女子。一個穿著白色連身洋裝的長髮女子，以失了魂般的表情，一直看著我們，不對，一直看著穗高先生。

刑警們想了解更多。年齡多大？叫什麼名字？長相如何？於是，我索性把駿河直之將那名女子帶到院子一角，神情嚴肅地談話的事告訴了刑警。

刑警離開後，我煮了蔬菜湯，附上牛奶和可頌，送到美和子房間。她雖然躺在床上，卻沒有睡。眼淚總算是止住了，但眼皮卻腫了起來。

美和子說她什麼都不想吃，我硬是餵她喝了半碗湯，再讓她躺下，幫她蓋上毯子。她那雙發腫的眼睛看著我。

「哥哥。」她小聲說。

「什麼事？」

「……能不能給我藥？」

「藥？」

「安眠藥。」

「哦……」

我們注視彼此，種種思緒及感覺一瞬間在我倆之間交錯，但誰都沒有開口說話。

我到自己的房間，從書桌抽屜拿出一顆安眠藥，這是固定為我看診的醫師開的。從我還寄養在親戚家的時候，每年總會有幾次嚴重大失眠，至今依然如此。

我回到美和子的房間，把這顆藥錠放入她口中，然後餵她喝水，讓她把藥吞下去。吃過藥之後，她躺下來盯著我看。也許她是想說：我想吃更多的安眠藥。但是我當然不會讓她這麼做。

不一會兒，她閉上眼睛。一分鐘後，她便發出睡著時均勻的鼻息。我從自己房間拿了耳機、隨身聽和三張莫札特的CD回來，靠牆坐在地板上，依序開始聽。《費加洛的婚禮》在第三張CD裡。

明天一定也是難熬的一天。該怎麼做才能治癒美和子心裡的傷痛？雖然除了待在她身邊，我也無能爲力。

守在靜靜沉睡的美和子身邊，抱著膝蓋聆聽喜愛的音樂，對我來說是非常幸福的時光。我想留住這一刻，其餘什麼都不重要。只願此刻沒有任何人來破壞我們的世界。

美和子內心的傷口，將來可能會結出醜陋的痂，即使如此，我還是鬆了口氣，至少千鈞一髮之際，她得救了。

穗高誠——死了也是活該。

話說回來，那封恐嚇信是誰寫的？

當然，我並沒有把那封恐嚇信和藥的事告訴刑警。

2

電話鈴響了。睜開眼睛時，眼前陌生的壁紙，讓我一時忘了自己身在何處。但幾秒鐘後，我便想起這裡是美和子的房間。之所以對壁紙感到陌生，是因爲那裡原本都被家具擋住了，我根本沒能好好看過牆壁。

響的是我房裡電話。我按著兩側太陽穴走到房間，拿起聽筒。一看時鐘，才早上八點多。

聽筒那方是個講話很快、聲音又很尖的女性，我不由得把聽筒拿遠一點，再加上腦袋還沒有清醒，我一時難以理解對方話裡的意思。重複問了幾次，才知道是電視台的人，好像是要針對穗高誠的猝死訪問美和子。

我回說她現在的狀況無法接受訪問，便掛了電話，但掛掉之後我就後悔了。因爲我發覺，就連剛剛那一句話，對他們來說也是一條情報。

我順便打電話給大學，表示今天和明天都要請假。我的理由是親戚發生不幸，事務處的女性並沒有起疑。

剛放下聽筒，電話又響了，仍然是電視台打來的。我說要問案子的事去找警察，便掛了電話。之後媒體的電話絡繹不絕，不知從哪裡查出電話號碼的。我本來想乾脆把電話插頭拔掉算了，但又不能不考慮到學校也許會有急事找我。

早報的社會版上有相當大篇幅的報導。死者是名作家，以及特殊的猝死法，似乎是占據大版面的理由。我從頭看到尾，但沒有任何一條算是新消息，頂多提到死因可能是中毒而已，一個字也沒提到鼻炎膠囊的事。

即使如此，媒體恐怕已經嗅出他殺的嫌疑，所以才會如此積極地收集情報。我心想，要是他們發覺有鼻炎膠囊這東西，事情就麻煩了。

對講機的鈴聲就在我爲這些電話忙得七手八腳時響起。我不勝其煩地拿起聽筒，以爲是媒體直接找上門來了。

對講機聽筒傳來男性的聲音，表明他是警視廳搜查一課的人。

我下樓開了玄關的門，昨天那兩位刑警就站在那裡。一位是姓山崎的中年刑警，另一位是姓菅原的年輕刑警。

「根據您昨天的談話進行調查的結果，發現了新的事實，因此我們非常希望能和令妹談談。」山崎刑警說。

「我的話？」

「就是穗高先生院子裡那位白衣女子。」

「哦。」我明白了，然後點點頭。「知道她是什麼人了嗎？」

「是的。」刑警搓搓下巴，似乎是不想立刻談相關內容。「可以見見令妹嗎？」

「我想舍妹還在睡。而且她精神受創也還沒有恢復。」

「還請您通融。」

「可是……」

背後傳來地板嘎嘎作響的聲音，兩名刑警朝我身後看。山崎刑警的嘴巴微微張開。回頭一看，美和子正要下樓。她穿著牛仔褲和運動服，右手扶著牆，一階一階小心翼翼地移動腳步。她的臉色實在不太好。

「美和子，妳沒事吧？」我問。

「沒事。但是……」走下樓梯的她看著刑警，「請告訴我，白衣女子是誰？在穗高先生的院子，又是怎麼回事？」

山崎刑警一臉困惑地轉向我。「那名女性的事您沒有告訴令妹……」

我回答沒有。昨天那個情況，當然沒辦法告訴她。

「請問是怎麼回事？請告訴我。我眞的沒事。」她懇求道。刑警們看著我。

「那麼，請進。」我對他們說。

我們兄妹和兩位刑警在有壁龕的和室相對而坐。首先我告訴美和子星期六看見白衣女子的事。不出所料，她說她不知道有這樣一號人物。

山崎刑警告訴我們女子的名字叫作浪岡準子。

「她在動物醫院上班，與駿河先生住同一棟公寓。」山崎刑警補充。

「她爲什麼會出現在穗高先生家的院子裡？」美和子不知所措地說。

山崎刑警與旁邊年輕的菅原刑警對看一眼，然後再次面向美和子。臉上的表情顯得非常窘迫。

「那名女性的事情，您從來沒聽穗高先生提起過嗎？」

「沒有。」她搖搖頭。

「這樣子啊……」山崎刑警又搓了搓下巴，看來這是他斟酌用詞時會出現的習慣。他似乎下定決心了。「根據駿河先生的說法，她曾與穗高先生交往過。」

聽到這句話，美和子的背脊立刻挺得筆直，感覺得出她縮起下巴，吞了一口唾沫。

「然後呢？」她問道，「以前交往過的人，爲什麼那天會到穗高先生家？」她的語氣意外沉穩，我不由得看著她的側臉。

「詳情我們不清楚。只是這位浪岡小姐確實不希望穗高先生結婚。」

「所以……那又怎麼樣呢？」

「其實，昨晚我們警方去拜訪浪岡小姐住處時，」山崎刑警話才說一半便打住，躊躇地舔舔嘴唇後接著說，「發現浪岡小姐在屋內身亡了。」

我不由得坐直身子。她死了……

我聽到美和子吸了一口氣，卻沒聽到她呼氣。「是病故……的嗎？」她問。

「不，我們認爲是藥物中毒而死。」

「中毒……」

「是種叫硝酸番木鱉鹼的藥物。」山崎翻開手冊，拿起眼鏡。「據說是用於動物的中樞神經興奮劑，在呼吸或心臟機能麻痺時使動物甦醒。不過有效用量與致死量相差不多，據說弄錯用量，死亡的危險性很高。浪岡小姐工作的動物醫院也備有這種藥品。」

我點點頭，這種毒藥的效果我很清楚。那傢伙因爲我下的毒而死去的情景，如今仍烙印在我眼底。

「這麼說，那名女子是自殺……？」我發問。

「我們只能說，可能性很高。」

「您是說，她的死，與穗高先生發生那種事，有什麼關係嗎？」美和子說，以挑戰的眼神看著刑警。

山崎刑警向菅原刑警使個眼色，年輕刑警從上衣口袋裡取出一張照片，放在桌子上。

「請您看看這個。」山崎刑警說。

在美和子旁邊的我也探頭去看。照片拍的是放在面紙上的膠囊，應該是用拍立得拍的。我認得這膠囊。

「您見過這個膠囊嗎？」

「很像穗高先生的藥……鼻炎藥。」美和子回答。

「這是浪岡小姐房裡的東西。」山崎刑警說。「不過裡面已經換成硝酸番木鱉鹼了。」

美和子咦了一聲，抬起頭來，眼睛睜得大大的。

「而且，」刑警以就事論事的語氣繼續說，「現在也已經查明，昨天身亡的穗高誠先生，死因同樣也是硝酸番木鱉鹼中毒。」

刑警的聲音聽起來回音比之前大得多。可能是因爲他說完這句話之後，無盡的沉默便包圍我們。美和子的表情有如聽到判決的被告，凝視著對面的刑警，眼皮都不曾動一下。

「這……」說著，我咳了一下，因爲無法順利發聲，「這是怎麼回事？兩人的死因相同，而有毒的膠囊在那位浪岡小姐的房間裡？意思是她對穗高先生的藥動了手腳嗎？」

「現在我們還不敢肯定。我們只是陳述事實。」山崎刑警說。「不過，我想我們可以說，曾經交往過的兩人，幾乎在同一天因同一種藥物中毒而死，不可能是巧合。」

「在裡面……」美和子動了嘴唇，開始說話，「那個有毒的膠囊就在裡面？就在我交給他的藥盒裡……」

「美和子。」我望著她慘白的臉頰。「就算是，也不是妳的錯。」

這種陳腐的話當然安慰不了她。在刑警面前的故作堅強似乎也到了極限，美和子緊緊閉上雙唇，低下頭，眼淚啪嗒啪嗒地落在榻榻米上。「太過分了，」她喃喃說道，「這實在太過分了。」

「現在我們想知道的是，」山崎刑警開口了，看來他也不好受，「穗高先生的藥瓶裡是否有可能被摻入這種毒膠囊？如果有的話，是什麼時候被動手腳的？我們就是爲了請教您對此事的看法而來的。」

「我不知道。這種事問我，我也……」

「您什麼時候開始保管穗高先生的藥瓶？」

「星期六中午。大家一起去義大利餐廳之前，他整瓶交給我的。他叫我帶著。」

「在那之前，穗高先生把那個藥瓶放在哪裡呢？」

「書房的抽屜裡。」

「平常都是放在那裡嗎？」

「就我所知，是的。」

「您看過穗高先生以外的人碰過那個瓶子嗎？」

「我不知道，我不記得了。」美和子雙手捂住臉，肩膀微微顫動。

「刑警先生，」我說，「可以請您別再問了嗎？」

看美和子的樣子，刑警們應該也明白無法再問下去了。山崎刑警似乎還有些問題想提出，臉上閃過不捨的神情，但還是不情願地點頭。

我留美和子在屋裡，獨自送刑警們到玄關。

「在這種時候，您可能認爲我們毫無同理心，但這畢竟是工作，眞的很抱歉。」山崎刑警穿好鞋之後，客氣地低頭行了一禮。

「我可以請問您一件事嗎？」我問。

「什麼事？」

「那位浪岡準子小姐，什麼時候身亡呢？我的意思是，在穗高先生生前還是死後？」

刑警對於能否回答這個問題略加思索。看來他判斷把這個小細節告訴我應該無妨。

「發現浪岡小姐的屍體時，已經死去超過一天了。」

「這麼說……」

「穗高先生身亡時，她已經死了。」

「這樣啊。」我點點頭。「謝謝您。」

刑警們說聲請多保重，便離開了。

我把玄關上了鎖，然後開始思考。
屍體是昨晚發現的。這麼說，浪岡準子前天晚上之前就死了。
換句話說，至少她不會是寄恐嚇信給我的人。
我的腦海中浮現了兩張臉孔。

雪笹香織之章

1

穿著喪服的男女排成四行，在小雨中緩緩前進。誦經聲低低傳來。我和別人交接了接待的工作，跟在隊伍的最後面，旁邊的男性編輯剛好和我認識，便讓我和他共撐一把傘。

寺廟位在上石神井的住宅區中，那裡的道路狹長，並且像棋盤格般相互交錯。穗高誠的告別式爲何在這座寺廟舉行，詳情我不清楚，我不認爲一直獨居的他會有所屬寺廟。

據說在東京火葬之後，骨灰將送回茨城老家，屆時會再辦一次以親戚爲主的葬禮。編輯當中好像有些人非出席不可，眞是難爲他們了。

從命案，也就是從穗高誠死亡那天算起，四天過去了，今天已經是星期四。由於警方較晚歸還遺體，導致葬禮得延後舉行。

「等談話性節目播完這場葬禮後，不知道會不會告一段落。」幫我撐傘的編輯朝後面瞄了一眼說。拿著攝影機的人正遠遠地拍攝我們，他們穿著透明雨衣，眞是辛苦了。

「不知道呢。現在演藝圈沒有大新聞，媒體可能會拿這檔事再炒一陣子吧。」我說。

「再怎麼說，主婦最愛的三大要素這個命案都全包了。」

「三大要素？」

「名人、凶殺、愛恨情仇這三個要素。」

「原來如此。被害者身亡的地點竟然是教堂，也很有單元劇的風格。」說到這裡，他連忙捂住嘴，好像是察覺自己聲音太大，連排在我們後面的人也偷笑了。

快要輪到我們上香了。我把念珠拿好。

談話性節目以後要怎麼做我不知道，但應該可以說，人們不再關心穗高誠的離奇死亡，只是時間的問題罷了。因爲到昨天爲止的這三天，謎團已經解開九成。

穗高誠死後次日的星期一晚報上，已經刊載浪岡準子死亡的消息。這時候只是單純報導警方發現了居住於練馬區公寓的單身女性屍體而已。然而，星期二某娛樂報便爆出她曾和穗高誠交往的事。我不相信是刑警走漏消息，這多半是駿河直之放出去的。他一定很想趕快結束這次的命案。

昨天，另一家報紙又報導，穗高誠與浪岡準子的死因是同一種藥物引起的中毒。那篇報導也提到浪岡準子上班的動物醫院裡，有這種名爲硝酸番木鱉鹼的藥。

被名作家拋棄的女人刻意在他婚禮設計殉情——這樣的故事自然成形。事實上，電視的新聞性節目等等，早已採訪浪岡準子的同事等人，一窩蜂地證明這個假設。

輪到我上香了。我做了一次深呼吸，走上前。

遺照用的是穗高誠書裡常用的照片。這張照片是很久以前拍的，不過他一直採用，應該是本人很滿意吧。照片裡的穗高不是朝著正面，而是略略朝向側面。

拍這張照片時，我就在他身邊。因爲我們公司要出版他的書，需要拍攝作者近照，我便和攝影師一同去找他。拍照的地點是石神井公園的水池旁。

當時我和穗高說話，攝影師將他回應的表情捕捉進底片裡。也就是說，遺照裡的他看的是我。

開始上香了。一次，兩次。

雙手合十。

閉上眼睛，忽然間有一股熱流從體內翻騰而上，轉眼間就讓淚腺發熱。眼淚快滲出來了，我拚命忍住，只要滲出一點淚水，就會一發不可收拾。要是現在發生這種狀況，不知道周圍的人會怎麼想。

我雙手合掌，努力調整呼吸，試著讓心情平靜下來。

所幸，我的心就像退潮般恢復了平靜。彷彿什麼事都沒發生過一樣，我離開了。回到接待的棚子，我呆呆望著好不容易才變短的上香行列。除了出版界人士，沒有認識的面孔。

我試著反芻剛才的心情，爲何眼淚會突然湧上來呢？

我不是爲了穗高死去而難過，那種事一點都不值得傷心。那個男人本來就該死。撼動我心的，是那張遺照。照片裡的他，視線的盡頭是我。幾年前，還什麼都不懂的我。不懂什麼是愛、不懂什麼是受傷、不懂什麼是憎恨的我。讓穗高占據整個心的我。

看著那張遺照，我忽然爲往昔的自己感到悲哀，才會差點掉淚。

2

喪家致完詞，出棺了。有幾位編輯幫忙抬棺。

神林美和子好像要和哥哥貴弘一起到火葬場去，她似乎也被當成家屬看待。不過應該只到今天爲止吧。

我幫忙收拾好接待處之後，決定先回家一趟，打算換了衣服再進公司。

才剛離開寺廟，後面就有人叫住我。回頭一看，是個沒見過的男子，個子很高，眼神銳利。他身上的西裝雖然是深色的，卻不是喪服。

男子問我是不是雪笹香織小姐，我回答我是。

「我是刑警，可以耽誤您一點時間嗎？只要一下下就可以了。」他和之前見過的刑警不同，並沒有對我投以打量的眼神。

「十分鐘左右的話還可以。」

「謝謝您。」他說著低頭行禮。

我們進了附近的咖啡店，是間沒品味的店，如果不是這種情況，我是不會進去的。牆上貼著寫有菜單的紙，冰咖啡三百八十圓。除了我們沒有別的客人。

刑警自稱姓加賀，隸屬於練馬署。

「有社會地位的人，葬禮果然不同。我雖然只是遠遠地看，不過好像有不少名人到場。」等候咖啡時，加賀刑警說。

「刑警先生今天是基於什麼目的來這場葬禮的？」我試著發問，算是稍微加以牽制。

「我想來看看相關人士。」加賀回答，然後看著我繼續說：「也想看看您。」

我別過臉。這種自以爲帥氣迷人的男人會講的話，讓我有點厭煩。還是說，這個刑警是認眞的？也就是說，他因爲某種理由盯上了我？

一個中年女子端來兩人份的咖啡。這家店好像由她一個人經營。「我聽說命案幾乎已經解決了。」我說。

「是嗎，」加賀什麼都沒加，喝了一口咖啡，頭微微一偏，那表情似乎是對咖啡的味道有質疑，而不是我的話，「怎麼說呢？」

「就是一個名叫浪岡準子的女人，因被穗高拋棄而懷恨在心，就從工作的地方偷了毒藥，設計殉情，不是這樣嗎？」我加了奶精再喝咖啡。我了解他偏頭的心情了，這咖啡完全無味道可言。

「我想，搜查一課並沒有正式發表您所說的這些內容。」

「可是看媒體的報導就知道了。」

「原來如此。」加賀點頭。「但是就我們而言，一切都還沒有解決，這才是事實。無論誰怎麼說都一樣。」

我默默喝下難喝的咖啡，心中琢磨這個刑警話中的含意。他方才所說的搜查一課，大概是警視廳的搜查一課。練馬署應該沒有直接接觸赤坂的命案才對，而是因爲在練馬的公寓發現了浪岡準子的屍體，才會採取共同搜查的形式。加賀想調查的，究竟是哪一方面？

「那麼，您要問我什麼？」

加賀取出手冊，翻開來。

「很單純的事。想請您詳細告訴我五月十七日的行動，也就是上個星期六。」

「上星期六？」我皺起眉頭。「爲什麼？」

「當然是想作爲辦案的參考。」

「我不懂。爲什麼這會是辦案的參考？我上星期六的行動和命案無關啊。」

「所以，」加賀的眼睛略略睜大了些，這麼一來，他的眼神便出現了壓迫感。「正是想確認與命案有無關係，才來請教您。換句話說，請您當目前是在進行消去法的階段。」

「我還是不懂。依照您的說法，簡直就像上星期六發生了什麼案子，所以來問我的不在場證明。」

加賀看著我，只抽動單邊的臉頰笑了。笑得有恃無恐，並且從容不迫。

「您說得一點也沒錯。您可以解釋成是在詢問您的不在場證明。」

「什麼的不在場證明？什麼案子的不在場證明？」

我的聲音變大了一些。加賀稍微換個視線，我朝那個方向看去，在櫃檯後攤開報紙的老闆娘正匆匆把頭低下去。

「我只能說，是與浪岡準子小姐的死有關。」

「她的死是自殺吧？還有什麼好調查的？」我壓低聲音問。

加賀把咖啡喝光，看著空了的杯底，冒出一句「豆子不新鮮」，然後問我：「您願意告訴我上星期六的行動嗎？還是不願意？」

「我沒有告訴你的義務……」

「當然沒有。」加賀說。「但如果是這樣的話，我將會解釋爲您沒有不在場證明。因此，我便無法將您的名字從我列出的名單上刪除。」

「什麼名單？」

「恕我無法回答。」說完，他吐了一口氣。「請您記住，警方不會回答問題，只會單方面問問題。」

「這我早就領教過了。」我瞪著他。「你想知道上星期六什麼時候的不在場證明？」

「從下午到晚間。」

我取出自己的工作行程筆記，雖然不看也記得，但至少可以吊吊他的胃口。

「我先到穗高家，和神林美和子討論工作。」

刑警馬上發問了：「據說當時穗高先生吃了鼻炎藥，您記得嗎？」

「記得。他說明明才剛吃過藥，藥效就過了，從書桌抽屜裡拿出藥。他吃藥時配罐裝咖啡，所以我有點驚訝。」

「穗高先生從抽屜裡拿出來的是瓶子嗎？還是別的容器？」

「是瓶子。」說完，我輕輕搖了搖手。「不對，正確地說，是藥瓶的包裝紙盒。瓶子是裝在盒子裡面。」

「盒子怎麼樣了呢？」

「我記得……」我回想當時狀況再作答，「應該是丟進旁邊的垃圾桶了，因為他交給美和子的只有瓶子。」

我無法理解為何加賀對這種事問得這麼仔細，我不認為這和命案有什麼關係。

「討論完工作之後呢？」

「大家一起到義大利餐廳去用餐。」

「用餐期間，有沒有發生什麼特別的事？」

「特別的事？」

「什麼事都可以。好比遇到罕見的人、有人打電話來等等。」

「電話……」

「是啊。」加賀注視著我的臉微笑。他的笑容不能說沒有魅力，但我覺得他的表情背後暗藏著狡猾的心計。

這個刑警已經知道我們去過那家餐廳，而且駿河直之中途離席，也許還知道他的手機響過。如果是這樣的話，我現在裝蒜就太不聰明了。

我先聲明不是什麼大不了的事，然後把駿河直之手機響了，接著他先行離開的事說出來。加賀一副首次聽見的表情做著筆記。

「在用餐途中先行離開，會不會代表有相當緊急的事呢？」

「我不知道，應該是吧。」我說。我最好還是別多嘴。

「用餐結束後，您到哪裡去了？」加賀果然這麼問了。

我當然不能把眞正的情況告訴他。我怎麼能說：我偷偷跑到穗高家，跟蹤他和駿河，又進了浪岡準子的房間，發現屍體。

我本來想說我回公司，但連忙把話呑回去。雖然是星期六，但假日上班的員工不在少數，當天我有沒有進公司，一查就馬上知道了。

「我回家了。」我回答。「因爲很累，就回家了。」

「直接回家？」

「半路繞到銀座逛了一下，結果什麼都沒買就回家了。」

「您一個人嗎？」

「我一個人。回家之後，也一直是一個人。」我故意露出微笑。「所以還是一樣沒有不在場證明，是不是？」

加賀沒有立即回答。不知是否試圖想看穿我的心思，一直凝視著我的眼睛。

終於，他收起手冊。「對不起，百忙之中打擾您。」

「問完了嗎？」

「是的，今天問完了。」說完，他拿起餐桌上的帳單，站了起來。

我也站起來，結果他突然回頭。

「我有一個疑問。」

「什麼疑問？」

「穗高先生常吃的鼻炎藥，本來是一瓶裝有十二顆膠囊。據我們推斷，浪岡準子小姐買了一瓶，製成毒膠囊。」

「嗯，這有什麼不對……」

「但是在浪岡小姐房裡只找到六顆膠囊。這是怎麼回事呢？穗高先生只吃了一顆，那麼剩下的膠囊到哪裡去了？」

「不就是……浪岡小姐自己吃掉了嗎？」

「爲什麼？」

「爲什麼？不就是爲了自殺嗎？」

加賀對我的話搖頭。

「自己要在房間裡吃，有必要特地做成膠囊嗎？再說，浪岡小姐吃的，頂多也是一顆兩顆。怎麼算數量都不對。」

我差點驚呼出聲，但我忍住了，也努力不讓表情產生變化。

「這……就有點奇怪了。」

「可不是嗎。一般自殺是不可能這樣的。」說完，加賀走向櫃檯。那寬闊的背影，似乎對我施加無言的壓力。

我說了聲謝謝招待，離開那家老舊的咖啡店。

神林貫弘之章

1

穗高誠的屍體火化期間，美和子站在等候室的窗邊，一直注視著外面。外面依然細雨綿綿，種植在火葬場四周的樹木全被淋得濕漉漉的。天空是灰色的，水泥地面又黑又亮，像是只有窗外成了黑白畫面。美和子望著那樣的景色，站著不發一語。

等候室裡的其他人話也很少，雖然有二十來個人，但每個人都帶著疲憊不堪的神情坐著。穗高的母親還在哭。這位老婦人拱著背，身形顯得更加嬌小，每次對身旁的男子講幾句話，就要拿摺好的手帕按眼睛。男子以沉痛的神情聽她說話，不時大大點頭。四天前的婚禮上，我也見過穗高的母親，和那時相比，她現在瘦得令人懷疑體重幾乎少了一半。

在場雖然準備了啤酒和日本酒，但喝的人很少。儘管時序已進入五月，今天卻冷得令人想開暖氣，讓所有人都只想喝熱茶。

我拿兩個茶杯倒了茶，走向美和子。就算我站在她身邊，她也沒有馬上轉過頭來。

「妳不冷嗎？」我把茶杯遞到美和子面前問。

美和子有如機械人偶般，頭先轉過來，下巴一縮，視線落在我手上。她又花了好幾秒的時間，才在茶杯上聚焦。

「啊……謝謝。」美和子接過茶杯卻沒喝，只是將另一隻手也握住杯子，兩隻手牢牢包著茶杯。看來是爲發冷的手取暖。

「妳在想他嗎？」問完我自己都覺得怎麼會問這種蠢問題。每次遇上美和子，我總是常常說些不經大腦的話。

所幸她沒有輕蔑地看我，只是小聲回答是啊，然後說：「我在想他的衣服。」

「衣服？」

「他為了蜜月旅行訂製衣服。有三套只在店裡試穿過。我在想那些該怎麼辦。」

我並不認為這是不值一提的芝麻小事。她現在恐怕正在一一清點自己失去的東西。

「他的家人會處理的。」我也只能這麼說。

但美和子似乎把我這句話做了另一番解釋。她眨了兩次眼，平靜地說：「是啊，我又不是他的家人。」

「我不是這個意思……」

此時，穿著喪服的男子走進等候室，告訴眾人遺體已火化完畢。聽到這個消息，所有人都開始緩緩移動，我和美和子也走向火葬室。

穗高誠靠著運動所練就的一身強健體魄，已經化為白骨與灰燼。因為分量實在太少，我有種意外之感，覺得好像看到了人類的本質。就算是我，燒完也是這樣。

撿骨在沉默中淡然進行。我本來只打算在美和子身邊看，但一個應該是穗高誠親戚的中年女子把筷子遞給我，我便夾起一片骨頭放進壺裡。不知道是哪一部分的骨頭，那是一塊白色的碎片，生命的氣息全然消失無蹤。

待一切儀式結束，我們離開火葬場時與穗高的家屬告別。遺骨由穗高誠的父親拿著。茨城也將舉行葬禮，但穗高道彥向美和子說了些話，意思是不用特地來參加。道彥雖是穗高誠的親哥哥，但長相和體型一點都不像，矮胖的身體上頂著一顆又圓又大的頭。

「我本來希望您讓我過去幫忙的。」美和子細聲說。

「哎呀，可是那麼遠，太辛苦了……又全都是不認識的人，妳去也一定很寂寞，所以眞的，我想妳不需要過來。」

道彥的語氣簡直就是請她不要去。我本以爲是擔心她在場的話，整場葬禮會被投以好奇的目光，但我立刻又覺得不是這樣。連日來，各家媒體不斷報導穗高誠的死因，而目前遭前女友殺害的說法愈來愈有力，但穗高家一定想否認，至少希望在老家能做出不丟臉的解釋。爲此，想必多少會有扭曲事實的必要。到時候美和子在場反而麻煩。

或許是體諒他們這一點，美和子不再堅持，只說：「那麼，如果有事的話，請和我聯絡。」聽到她這麼說，穗高道彥似乎如釋重負。

和他們告別後，我們前往停車場，坐進舊型的富豪車準備回橫濱。

車子才剛開沒多久，美和子便冒出一句：「我究竟算什麼……」

「咦？」我開著車，臉微微轉向她。

「我在想，我究竟是穗高先生的誰。」

「女友啊。而且是未婚妻。」

「未婚妻……是啊。因爲我連結婚禮服都做了，雖然我說用租的就好了。」

雨變大了些，我加快雨刷的速度。由於雨刷的橡膠材質老化，每次刷過車窗表面都發出廉價的吱吱聲。

「可是，」她說，「我卻沒當成新娘。都已經披上婚紗，教堂的門也打開了……」

美和子此刻回想的情景，也浮現在我眼前。穿著白色晨禮服的穗高誠，倒在她即將走過的處女之路上。

沉默充斥的車內，唯有雨刷的聲音規律作響。我打開收音機，古典音樂從喇叭內流瀉而出，是首極爲悲傷的曲子。

美和子取出手帕，按住眼睛。我聽見她吸鼻子的聲音。

「關掉好了。」我伸手要去關收音機。

「不用，別在意。不是因爲被音樂刺激的。」

「那就好。」

車窗開始起霧了。我打開空調。

「對不起。」美和子說，聲音略帶鼻音。「我今天本來不想哭的。我今天一直都沒哭，對吧？」

「哭也沒關係啊。」我說。

接下來我們又陷入沉默。我駕駛的富豪車安靜地駛在前往橫濱的高速公路上。

「哥哥，」當車子下了高速公路剛駛入街區時，美和子說，「眞的是那個人幹的嗎？」

「哪個人？」

「那個女人。呃，叫做浪岡準子……是嗎？」

「哦，」我懂美和子在說什麼了，「應該是吧。聽說她是服下同樣的毒藥死的吧？很難相信是巧合。」

「可是警方什麼都沒有發表。」

「因爲還在搜證啊。如果沒有特殊狀況，他們不會在辦案中途發表任何消息。」

「是這樣嗎？」

「妳想說什麼？」

「我沒有想說什麼，可是有幾件事，我就是沒辦法接受，雖然可能只是一些小事。」

「說來聽聽。還是妳覺得跟我說也沒有用？」

「不是，沒這回事。」

美和子好像露出一絲笑容。但此時我看著前方，只是憑感覺猜測。

「我覺得很不自然。就是把毒膠囊裝進藥瓶這一點……」

「不自然？美和子認爲穗高先生是經由其他方式中毒的？」

「不是的，我認爲毒膠囊是混在那個藥瓶沒錯，因爲聽說他在婚禮前除了那個什麼都沒吃。」

「那有什麼好不自然的？」

「嗯……不自然這個說法可能很奇怪，但要說是浪岡小姐動手腳的話，讓我感到不大對勁。」

「爲什麼？」

「因爲，按照哥哥的說法，她只是出現在誠哥家的院子一下，沒多久便被駿河先生帶去外面了，不是嗎？既然這樣，她不就沒辦法接近藥瓶了嗎？」

「又不見得是在那一天動的手腳。她是穗高先生的前女友，以前一定可以自由出入他家吧？也許拿過他家的鑰匙，在歸還之前再打一把也不無可能。如果是這樣的話，她什麼時候都能溜進去下毒。」

我之所以能毫無滯澀地回答，是因爲我也一直在想這件事。不必美和子提出來，五月十七日當天浪岡準子並沒有機會下毒，這點一直待在客廳的我最清楚。正因如此，我有必要先想好假如是浪岡準子動的手腳，應該是什麼時候。

「這樣的話，」美和子說，「浪岡小姐爲什麼會出現在院子裡？」

「來道別的……吧？」

「向誠哥道別？」

「對。那時她已經打算自殺，所以大概想再見穗高最後一面，這樣想很怪嗎？」

「不會，是不會奇怪。」

「究竟是哪裡讓妳覺得不對勁？」

「我在想，我的話會怎麼做。心愛的人背叛了自己，要和別的女人結婚的時候……」

「美和子不會去尋死吧？」我瞥了她一眼說道，「妳不會做這種傻事吧？」

「我不知道，不到那時候很難說。」她說。「只不過，我能理解與其被別人搶走，不如殺掉自己心愛的人再自殺的心情。」

「既然這樣，妳不也就能理解浪岡準子的行爲了嗎？」

「基本上可以。可是，」她頓了一下才繼續說，「如果是我，我想我不會孤伶伶地死在家裡。」

「那妳會怎麼做？」

「如果可以的話，我大概會先殺死我愛的人，然後再死在他身邊。」

「當然啦，那可能是第一志願，可是那個時候她辦不到，因爲到處都有其他人在。再說，只要她選擇以這種方式殺害穗高，根本無法預測他何時會吃下毒膠囊，也無法指望他能剛好死在自己眼前。而且第二天有婚禮，他會直接去度蜜月，暫時不會回來。算起來，在蜜月旅行途中死亡的可能性還比較高。換句話說，她連接近穗高先生的屍體，基本上都很難成功了，這麼一來，就只能一個人死了不是嗎。」

「這我也知道。所以我才說可以的話我想這麼做。可是，不能死在心愛的人屍體旁邊就算了，要是我，我絕對不要死在一個完全無關的地方。」

眼前的紅燈亮了，我緩緩踩下煞車，等車子完全停止之後，我面向她。

「那妳想死在哪裡？」

「這個嘛，」美和子將頭微微一偏，「還是會選有很多共同回憶的地方吧。」

「比如說……」

「他家，或是他家旁邊。」她的聲音雖小，語氣卻很篤定。「這麼一來，對方就一定會知道自己死了。我想我不會選擇一個人悄悄死在自己的房間裡，一想到他吃下毒藥而死時，卻連我死了都不知道，那也未免太感傷了。」

「原來如此。」

綠燈亮了，我放開煞車，踩下油門。

我心想，也許是吧。浪岡準子所冀望的，自始至終都是殉情。

「可是，浪岡準子在自己房裡自殺是無法動搖的事實，所以無論多不自然，也只能接受不是嗎？」

「這我知道。」美和子說完這句話，又陷入沉默。這陣沉默令我不安。

回到家時，天已經全黑了。車頭燈的光，反射在淋濕的路面上。雨好像停了。

將富豪車停入車棚之前，我讓美和子先下車。因為車棚寬度幾乎和車身差不多，停好之後副駕駛座便無法開門。

美和子一直在家門前等我從車棚出來。我說：「妳怎麼不先進去。」

「可是總覺得不太好。因爲我一直告訴自己，這裡已經不是我的家了。」美和子這麼說，她像是看著什麼炫目的東西一般，瞇起眼睛望著我們老舊的家。

「這是美和子的家啊。」我說。「就算妳結了婚也一樣。」

她垂下眼瞼，喃喃地說：「是嗎。」

正當我要把門推開時，有人叫「神林先生」。我回頭，一名男子從路另一邊走來。是個陌生人。個子高，肩膀寬，可能因爲這樣，臉看起來像外國人一樣小。

「兩位是神林貴弘先生和美和子小姐吧？」男子確認般問道。從他的語氣，我就知道他是什麼人了，同時心中感到一陣鬱悶，眞希望今天能讓我們兩個人好好地過。

男子的行動正是我擔心的。他取出警察手冊對我們說：「我是警察，有些事想請教。」

「能不能明天再來？今天我和我妹妹都累了。」

「眞抱歉。兩位是前往上石神井參加葬禮吧。」刑警說。我心想，他應該是看到我們的服裝才這麼判斷。

「是的，所以現在我們只想盡快放鬆休息。」我打開門，輕推美和子的背，讓她先進去，我自己也跟在她身後。然而刑警卻按住我反手要關的門。

「給我三十分鐘就好。不然二十分鐘也可以。」他這麼說，就是不肯讓步。

「請明天再來。」

「拜託了，我們有新的發現。」刑警說。

我不禁對這句話有所反應。我問：「新的發現？」

「是的，有不少呢。」刑警直視著我，那是一雙深邃銳利的眼睛。那雙眼睛告訴我，裡面有他親自建立的堅固世界。而他全身上下散發出要將別人拉進那個世界的光芒。

「哥哥。」美和子在我身後說。「請人家進來吧？我沒關係的。」

我回頭看她，嘆了一小口氣。然後又轉頭看刑警。

「三十分鐘就能結束嗎？」我問。

「我保證。」他說。

我的手放開門。刑警把門推開，走了進來。

2

男子說他是練馬署的加賀。雖然沒有明言，但聽他的口吻，主要是針對浪岡準子的自殺進行調查。我暗自猜想，雖然是共同調查，但轄區警署的行動也許受到限制。

「首先我想請教的，是五月十七日白天的事。」加賀刑警站在玄關脫鞋處說。一個身穿深色西裝的大漢站在那裡，活像死神來訪。美和子請他進屋，但他以笑容婉拒，表示在這裡就可以了。那是業餘運動員在比賽前會出現的、爽朗卻又有幾分緊張的表情。我覺得他真不像刑警。

「如果你是要問浪岡小姐突然到穗高家的事，我已經向其他刑警說過好幾次了。」

加賀對我的話點了一下頭。

「這我明白，但我還是想親自確認。」

我嘆了一口氣。「你想問十七日的什麼？」

「首先從兩位的行動開始。」他取出手冊，做出寫筆記的姿勢。「當天早上兩位離開這裡，晚上住進舉行婚禮的飯店，是吧。這段期間的事可以盡量詳細地告訴我嗎？」

從他這幾句話聽起來，「早上從家裡出發到穗高家，晚上到飯店」這種程度的話，他是不會接受的。我只好相當詳細地說明那天我們所經歷的一切，中間還不時求助於美和子的補充。我個人認為離開義大利餐廳，和穗高等人分手之後的事沒有必要說，但加賀刑警並沒有喊停，最後我把回到飯店上床前幾乎所有的行動都說了。

聽著我的話，一面迅速紀錄的加賀刑警停住了筆，思索了十秒左右，抬起頭來問：

「這麼說，從傍晚六點左右到八點，除了美和子小姐到美容院的期間，兩位都一直在一起？」

「是的。」

在我身旁的美和子也點頭。她和我都還穿著喪服。

「您說，您在等候美和子小姐的期間，是在飯店的咖啡廳。大約有兩個小時一直都在那裡？」加賀刑警問道。

我本來怕麻煩想答「沒錯」，但他銳利的眼光警告著：隨口亂說，一查就知道了。

我只好回答：「我去買了點東西，走到附近的書店，也去了便利商店。」

「書店和便利商店？您還記得店名嗎？」

「叫什麼名字啊……」我完全不記得。但是，我倒是想起另一件事。「啊，對了。搞不好還在……」我從口袋裡取出錢包，在裡面翻翻找找，果然還在。我抽出一張收據，給加賀刑警看。「這就是我那時候去的便利商店。」

他手伸進上衣的內口袋，取出白手套迅速戴上之後，才拿了我手上的收據。

「原來如此，就在那家飯店附近。」加賀刑警說，大概是看到印在上面的便利商店住址。「書店呢？」

「書店的我一時找不到，可能丟了。不過我記得地點，就在這家便利商店旁邊。」

「你買了克萊頓對吧。」美和子在旁邊說。

「嗯。」

「麥可．克萊頓？」加賀刑警問，表情顯得柔和了些。

「是的。我買了上下兩冊的文庫本。」

「這麼說，是《桃色機密》？」

「是的，」我有點吃驚地看著刑警。因爲我以爲一般人就算知道克萊頓這個作家，也只會聯想到《侏儸紀公園》或《失落的世界》，「猜得眞準。」我說。

「直覺。」他接著又說：「《最高危機》也很有趣哦。」

我明白了，原來他是克萊頓迷。

「您在便利商店裡，」加賀刑警看了收據說，「買了酒和下酒的點心。」

「睡前酒。因爲我怕睡不著。」

「原來如此。我明白了。」加賀刑警看看我和美和子，然後點點頭，似乎想起翌日有婚禮。但是當晚我深怕失眠的眞正理由，即使是這位看似獨具慧眼的刑警應該也不知道。

他以指尖拎起收據，微微晃動。「可以暫時由我保管嗎？」

我說請便，我不認爲那種東西能幫上什麼忙。但刑警從上衣內口袋取出一個小小的塑膠袋，以處理貴重物品的態度將收據放進去。我眞想問問他口袋還有些什麼東西。

「美和子小姐在美容院打點好後，兩位在日本料理店用餐，然後便回各自的房間，這段時間兩位都一直在一起，但有沒有辦法證明呢？例如，兩位有沒有遇到什麼人？」加賀刑警進行下一個問題。

我故意皺起眉頭給他看。證明，這個字眼令人不悅。

「我和舍妹兩人單獨行動，有什麼不對嗎？」

加賀刑警搖搖頭。「沒有，沒這回事。」

「既然如此，爲什麼……」

「我想整理五月十七日相關人士的行動，如此而已。」

「這麼做有什麼目的？的確，我們和浪岡準子小姐是有間接的關係，但因爲她自殺了，你們就有理由這樣調查我們嗎？不但要我證明我去過書店和便利商店，還要求我們提出兄妹在一起的證明，我們有那麼可疑嗎？」

我雖然不是眞的很生氣，卻故意把話說得很衝。因爲我認爲對這個刑警，能占多少上風是多少。

加賀刑警稍微沉默了一會兒，然後看看表。顯然不願意將時間耗費在這種事情上。

「雪笹小姐也說了同樣的話，說她當天自己的行動和命案有什麼關係。」

「我認爲那是正常的反應。」我說。

他吐了一口氣之後，說：「因爲我們不認爲那是單純的自殺。」

我咦了一聲，問：「什麼意思？」

「沒有別的意思，就是字面上的意思。」

「你是說，浪岡準子小姐的死不是自殺嗎？」

「這個還不能確定……或者應該說，也許自殺本身是事實，但或許另有隱情，可能與穗高誠先生的命案有重大關聯。」說到這裡，加賀乾咳一聲。「當然，也有可能是我們考慮太多，結果其實什麼也沒有。只不過基於我們的立場，不能不進行調查。」

「說得不清不楚的。可不可以請你說得更明確一點？」

「這樣說好了。」加賀刑警說，「可能有人介入浪岡準子的自殺，我們正在調查究竟是誰。」

「介入？」我問。「介入是怎麼樣的介入？」

「這我還不方便說。」刑警說。

我雙手抱胸，餘光瞥見身旁的美和子似乎有話要說，但我不太想讓她開口。

「和我們無關。」我說。「那天和穗高先生他們分開後，我們倆一直都在一起，的確沒人能證明我們一直在飯店裡，但是我們和浪岡小姐的自殺沒有任何關係。」

加賀刑警以認眞的神情聽我說完，但他接受多少就不得而知了。

「我明白了。」他點頭說。「您剛才的話，我會作爲辦案的參考。」然後接著說：「我要繼續發問了。」

接下來的問題，是關於浪岡準子出現在穗高家院子的情況。加賀拿出穗高家簡化版的平面圖，詳細詢問浪岡準子出現的地點，以及當時其他人各自在哪裡。另外，他要求美和子以圖面來說明穗高誠常用的鼻炎藥通常放在哪裡。

「將今天兩位所說的綜合起來，」加賀刑警望著手裡的平面圖說，「十七日當天，浪岡準子小姐是不可能接近藥瓶的。」

「關於這一點，剛才我和舍妹也談過。」我說。

加賀哦了一聲，抬起頭來。「然後呢？」

「我們得到的結論是，她應該是在這天以前下毒的，因爲怎麼想也只有這個可能。」

加賀刑警沒有點頭，只是以科學家看著實驗結果般的眼神看著我們，目光冷靜得令人坐立不安。

他的眼神裡慢慢地注入類似情感的東西。與此同時，刑警的嘴角出現笑容。

「兩位也討論過案子嗎？」

「當然多少會談到。雖然不願意想，卻還是會想。」我瞄美和子一眼，她雙眼低垂。

加賀刑警把手冊和平面圖等物品收進上衣口袋。

「我想請教的問題，目前就是這些。謝謝兩位不辭辛累，予以協助。」

「哪裡。」我看看表。從他走進家裡算起，過了二十六分鐘。

「不過，」他向四周環視一圈，「好氣派的房子，很有品味。」

「是家父建的。很普通的房子，只是舊了點。」

「哪裡，沒這回事。看細節就知道。您在這裡住了多少年呢？」加賀刑警閒聊般問。

「幾年……了啊？」我看看美和子，她也是一臉思索的樣子。我對刑警說：「因為一些緣故，有一段時間我們沒有住在這裡。」

加賀刑警一臉早已知情的樣子，說道：「聽說兩位之前分別住在親戚家裡。」

我大吃一驚，一時之間不知道該說什麼。

「你……還真清楚。」

「抱歉。我沒有探聽的意思，但到處問話，自然而然就聽到了。」

我心想，問話是問了些什麼話？但我決定不追問。

「五年。」我說。

「啊？」

「我和舍妹回到這個家來，已經快五年了。」

「哦，五年……是嗎。」加賀刑警雙唇緊閉，輪流看了我和美和子，緩緩呼吸，厚實的胸膛上下移動，然後才開口。「五年來，兩位相依爲命。」

「是啊，正是如此。」我說。

加賀刑警點點頭，然後看看自己的手表。「不知不覺就打擾這麼久，告辭了。」

我也低頭行了一禮，說請小心慢走。

加賀刑警自行開門走了出去。我等門關上，才走到門邊準備上鎖。

這時候，門突然開了。我吃了一驚，身子向後仰。加賀刑警站在門縫後。

「對不起，忘了告訴您一件事。」

「什麼事？」

「這次命案所用的毒膠囊，來源我們幾乎已經確定了。」

「哦……是什麼藥？」

「硝酸番木鱉鹼。調查的結果，果然是浪岡小姐從她上班的動物醫院裡偷走的。」

「這樣啊。」這我早就猜到了，因此並不感到驚訝。心想，這並不值得加賀刑警特地回來告訴我們。

「根據醫院院長的說法，失竊的時間無法推斷。說糊塗也眞是糊塗，但他辯稱萬萬沒想到助手會亂用。不過，這一點確實多少值得同情。」

「同感。」說著，我覺得有些煩躁。我不明白加賀刑警的用意。「然後呢？」

「問題是膠囊。」他一副分享祕密的樣子。

「膠囊怎麼了？」我問。

「我想您也知道，她使用的膠囊是穗高先生常用的鼻炎藥膠囊，把內容物換成毒藥。」

「我知道。」

「這兩三天，我們一直在調查那個鼻炎膠囊是在哪一家藥房買的，昨天終於找到了。是遠在浪岡小姐所住的公寓四公里外的一家藥房。」

「是嗎。這樣就能確定毒膠囊是浪岡準子小姐做的了。」

「是啊，我想是這樣沒錯。只不過，這就產生了一個大問題。」加賀刑警豎起食指。

「什麼問題？」

「據那家藥房的店員說，」說到這裡，加賀的視線瞥向美和子，然後再轉回我臉上，說道：「浪岡小姐是星期五中午買那個鼻炎藥的。」

我嘴裡發出啊的一聲。也許被加賀刑警聽到了。他仍一臉嚴肅，只是緩緩搖頭，然後說：「出現一項非解決不可的大題目了。回到署裡我要好好思考。」

我心裡很急，覺得一定得說些什麼，卻想不出半個字。我還在想的同時加賀刑警便說：「那麼，這次眞的要告辭了。」再次關上了門。

我呆立在關上的門前，種種思緒在腦中穿梭。這時，背後傳來「哥哥」的叫聲。

我回過神，把門上了鎖，然後轉過身來，視線和站在玄關大廳的美和子交會，但我先移開視線。

「我有點累了。」說完，我走過她身邊，往自己的房間走去。

3

我開啓了筆記型電腦，手指雖然放在鍵盤上，卻完全沒在打字，我擠不出字句來。有一份報告後天之前一定要完成，照目前進度，明天整晚都不能睡了。

我伸手去拿放在旁邊的咖啡杯，但想起杯子早就空了，便把手又縮了回來。本想再去倒一杯，但這樣就非得到一樓的廚房去不可，因而猶豫起來。我不是怕麻煩，而是怕遇到美和子。

剛才我下去泡咖啡時，她在餐桌上攤開報紙，以認眞的表情看著報導。即使是遠遠望去，我也很清楚她在看什麼新聞，因爲我看到「名作家婚禮中離奇死亡」的標題。她身邊堆了幾份報紙，看來是這幾天的。

「哥哥，剛才加賀先生的話，你怎麼想？」我正在操作咖啡機的時候，她對我說。

「哪方面？」我裝傻。其實我很清楚她指的是什麼。

「浪岡準子小姐是星期五買鼻炎藥這件事。」

「哦，」我不置可否地點點頭，「是有點驚訝。」

「我不只有點而是非常驚訝。因爲這樣的話，浪岡小姐根本沒機會放毒膠囊呀。」

我默默地看著咖啡機在啵啵聲中將深咖啡色液體滴入玻璃容器裡。我思考著有沒有什麼能夠讓她接受的說法，但卻想不出好的說法。

「假如不是她動手的，那麼就是有其他人想把誠哥……」可能是這種想像太駭人，她沒有把話說完。

「別想了。」我說。「現在已經確定毒膠囊是浪岡準子做的，那由她放進去不是最順理成章嗎？」

「可是，她沒有那個機會啊。」

「那就不知道了。也許乍看之下沒有，但其實我們不小心漏了什麼也不一定。」

「會嗎……」

「會啊。不然還有其他可能嗎？」

美和子沒有回答，視線落在手邊的報紙上。沉默中，咖啡香充滿了整個房間。

「報紙上寫說，浪岡小姐的房間裡還剩下好幾顆毒膠囊。有沒有可能是有人偷了其中一顆，讓誠哥吃下去？」

「妳說有人是指誰？」我問。

「這我怎麼知道呢。可是加賀先生說過，浪岡小姐的自殺可能有其他人介入。搞不好是那個人偷走的吧？」

「那個刑警隨便說說而已。」我把咖啡倒進杯裡。失了手，濺了一些在地板上。

美和子沒有再說什麼，只是一直注視著報紙。我無法想像她腦海中正展開什麼樣的推理。看著她苦思的表情，我覺得我們之間出現了一道透明的厚牆。我拿著咖啡杯，逃也似地走出廚房。

過了將近一個小時。

我一想到美和子可能還在昏暗的廚房裡，托著腮做著種種不吉利的想像，便提不起勇氣走進去。

我想起婚禮當天早上塞進我房間的那封信。我立刻把那封信燒掉了，但裡面的內容仍烙在我的記憶中。

如果不希望你和神林美和子間有違倫常的關係被公開，就將信封內的膠囊混進穗高誠的鼻炎膠囊中——

寄出恐嚇信的人，符合以下三個條件：首先，察覺我和美和子的關係。其次，知道穗高誠常吃鼻炎藥。最後，知道我住飯店哪一個房間。尤其是第三個條件，難度其實很高。光詢問櫃檯是不會知道的。我們當天是以神林的名字訂了兩間單人房。即使是櫃檯的人，應該也不知道我住哪一個房間。

星期六晚上，我們各自要回自己的房間時，我記得美和子確實說過必須打電話給雪笹香織和穗高誠之類的話。很有可能是她在電話中告訴他們兩人我們的房間號碼，而穗高又告訴了駿河。

這麼一來就能篩選出是誰寫信了。首先，應該可以將穗高誠和美和子兩人排除在外。可以確定的是，叫我去殺害穗高的，是駿河直之和雪笹香織的其中一人。無論是哪一個，都認爲與其自己動手，不如叫我去做，萬一警方出馬了，也比較安全。

那麼，犯人是誰？又是如何拿到毒膠囊的？這一點也許如美和子所說的，犯人以某種形式介入了浪岡準子的自殺，從她房裡偷出來，這樣想才合理。

我想起十七日午間，浪岡準子如鬼魂般現身的那個時候。雖然後來被駿河直之趕出去，但在那之前，他們相當親密地交談。據警方說，駿河直之與浪岡準子住在同一棟公寓。這就表示駿河極有可能先行發現浪岡準子的屍體，卻沒有立刻報警，而是利用這個情勢，擬定殺害穗高誠的計畫。

我想起駿河直之尖尖的下巴和凹陷的雙眼。我不知道他是否有殺害穗高誠的強烈動機，但就他們的互動看來，我不認爲他們的合作是基於友情，恐怕只是靠金錢來維持關係的吧。這樣的話，縱使其中有旁人想像不到的爭執也不足爲奇。

另一方面，雪笹香織又如何？到目前爲止，還看不出她和浪岡準子之間有何關聯。那麼動機呢？

她也是穗高誠的責任編輯。從工作角度來看，他死了她應該會很困擾，但私底下究竟又是如何？

事實上認識雪笹香織以來，我曾經有好幾次想過，這名女子搞不好曾經和穗高有過一段。倒也不是有什麼根據，只不過是當她談到美和子和穗高時，從她的表情和用辭，忽然讓我有這種感覺而已。假如這不是我多心呢？她是否因對方負心而報仇？

還有另一點，就是美和子。

雪笹香織把美和子視爲自己發現的寶物。她對美和子灌注的感情，可以說比親生父母更加深厚。若是她寧死也不願意將如此重要的寶物，交給穗高誠這種俗不可耐的男人呢？

我雙手交叉放在腦後，往椅子裡一靠。椅背的金屬零件發出刺耳的聲音。

寫恐嚇信要我去殺穗高誠的究竟是他們之中的哪一個？謎底目前似乎還無法知曉。是哪一個我都不意外。

但是，我無法置之不理。若不知道究竟是誰，今後我將不知該如何應對。

樓下傳來細微的聲響。美和子此刻也在思考殺害穗高誠的凶手是誰嗎？我用力握著空咖啡杯，繃緊了身體。

雪笹香織之章

1

穗高誠葬禮次日，也就是五月二十三日下午，我搭乘京濱急行前往橫濱，爲的是去見神林美和子。昨天她到火葬場去，我又被那個怪刑警攔下，因此沒機會好好和她說話。站在車門旁呆呆望著窗外流逝的景色，我反芻著昨天與加賀刑警的對話。

加賀顯然對穗高之死有懷疑。正確地說，他不認爲浪岡準子是殺死穗高的凶手。他有什麼根據？雖然他指出藥的數量不合，但應該不止那樣。也許他已經找到更多的疑點和矛盾了。

我回想起駿河直之和穗高誠搬運浪岡準子屍體的行動，爲此懊惱。雖說事出倉促，但用那麼顯眼的方式搬運，不引人注目才更令人感到不可思議。搞不好是有人目擊到他們，通知了警察，或者他們留下什麼關鍵物證也不一定。無論如何，假如加賀是以這類線索爲依據而採取行動的話，表示情況已經朝麻煩的方向轉變，眞令人頭痛。

不過，就算加賀找到更多蛛絲馬跡，我也沒有害怕的必要。火花不會濺到我身上來的。只要我不招認，誰也不會知道穗高誠的死和我有何關聯。

十幾分鐘後，我便從品川抵達橫濱。面對下了電車便蜂擁朝月台樓梯走去的大批人群，我選擇讓路，並做了一個深呼吸。昨天陰鬱的壞天氣不復存在，今天的天空蔚藍燦爛。地面很溫暖，不時吹拂的風好清爽。

我覺得自己體內出現了新的力量，運行至每一根手指、腳趾，內心更是充滿這幾年來從未體會過的爽快。心中那個醜陋潰爛的部分，已經連根剷除了。

昨天的葬禮在我腦海裡重演，那是場和天氣一樣灰暗憂鬱的葬禮。

當時我差點落淚。那是爲過去的自己所流的眼淚。現在想起來，昨天的葬禮，也是我自己的葬禮。

但是，在那一瞬間，我重獲新生。仔細想想，我這幾年也許被穗高誠給殺了，或者是被下了咒。而那個咒，昨天解開了。

要不是旁邊有人，我眞想大大伸展四肢，然後大喊：我贏了！我找回自己了！

旁邊就有鏡子，裡面映照出我隨時都會笑出來的臉，充滿自信，以及自尊。

我想像著這樣喊出聲的自己，還想再補上一句：讓那個男人，讓穗高誠步上死亡的就是我。

這個想像讓我心情非常愉快。我絲毫沒有半點內疚。對此，我更加滿足，舉步走向樓梯。半路和一個看似上班族的男子撞到了肩，對方沒有道歉，只是對我怒目相向。

「抱歉。」我盈盈一笑，再次邁步。

我和神林美和子約好在她家見面。看看時鐘，確定還有一點時間後，我決定到購物中心裡的一家大型書店逛逛。當然，我這麼做是有目的的。

一進書店，我毫不猶豫地尋找文藝書區，這是陳列暢銷書和熱門書的地方。

我站在那一區前面，快速掃視一番。只要是我經手的書，無論夾雜在多少書裡，我都能一眼找到。我在前兩排發現了神林美和子的兩本著作並排陳列。

果然不出我所料——我心中暗笑。穗高誠的死，不僅是他的新聞，同時也是神林美和子的重大新聞。根據目前的人氣、話題性，比起「婚禮中離奇死亡的穗高誠」，「婚禮中新郎離奇死亡的神林美和子」更能喚起世人的注意，大型書店不可能錯過這機會。

順利的話，也許下週很快就會再刷了。要是部長還遲鈍沒行動，那我可得催促他。

但當我把視線移向美和子作品的隔壁時，我愉快的心情就減少了幾個百分比。擺在那裡的是穗高的書，包括很久以前的作品在內，一共五本。

眞教人不愉快，爲什麼要擺那種人的書？就算遇害，我也不認爲一般大眾會對過氣作家的書感興趣。

擺在美和子作品旁邊也讓我不滿。這會讓人以爲美和子的文學價值和他差不多。開什麼玩笑！

正當我想著這些，我身旁看似粉領族的年輕女性，伸手拿了美和子的書，開始翻閱。

買下它——我發送念力。儘管當了這麼久的編輯，但我還沒有看過自己負責的書在書店賣出去。

這個看似粉領族的女子猶豫片刻，最後把書闔上，放回原處。我在心中暗自跺腳。

然而，下一刻便發生令人難以置信的事。她拿起美和子另一本書，直接走向櫃檯。我緊盯著她的背影。櫃檯人很多，要排隊，不能保證她不會排著排著就改變心意，我心裡十分著急。男店員笨手笨腳的，急死人了。

終於輪到拿著美和子書的那個女子了。店員爲書包上書套，女子從錢包裡拿錢出來。沒問題了。

看樣子，我的運氣已經完全好轉。我帶著比進書店時更爽朗的心情走出書店。

2

往後必須考慮的，是如何盡早將穗高誠的影子從美和子的心中刪除。如果別人總是把美和子和他那種人聯想在一起，對她的將來會是致命傷。但我並不擔心，我早就親身體驗過世人的健忘。

我從橫濱改搭計程車。神林美和子的家位於老房子林立的住宅區，能夠再次來到這個地方，我眞是高興極了。若是她順利結婚，只要我還是美和子的編輯，就得上穗高誠的家，也必須目睹他們的婚姻生活。現在一想，只覺得渾身發冷。我再次感到萬分慶幸。

我比約定的時間早到三分鐘。按下玄關的對講機，應門的是美和子。我朝麥克風說：

「我是雪笹。」

「妳來得眞早。」她說。

「會嗎？」我看看自己的表。應該沒快呀。

「我這就開門。」她用力地按下按鈕。

美和子的聲音略帶生硬，讓我有點擔心。不過命案發生才五天，也難怪她還無法重新站起來。

玄關的門開了，美和子走出來。「妳好。」

「妳好。」我對她笑，同時確信自己的直覺是對的。和昨天在葬禮會場看到的時候相比，美和子的臉色更差、更憔悴了。

眞是來對了。搞不好差點就來不及了。

「請進。」

「打擾了。」

走進大門時，我朝車棚看了一下。顏色灰暗的富豪車今天不在，看來神林貴弘到大學去了。正好方便我和美和子好好談談。

美和子的東西還沒有送回來，所以我們決定在一樓的餐廳聊。之前我們都是在她房間裡，圍著小小的摺疊式茶几討論的。

餐桌一角放著一大疊報紙。不僅如此，那些報紙有多處被剪下來。趁美和子泡咖啡時，我攤開其中一張。正如我所料，社會版一部分被剪下來了，不用問也知道是什麼報導。

美和子注意到我的舉動，一面準備著兩杯咖啡，一面看著我，臉色有點尷尬。

「對不起。我本來想要收拾的。」

我故意嘆了好大一口氣，把報紙疊好，然後雙手抱在胸前，抬頭看美和子。「妳在做命案報導的剪報？」

她像少女般點了一下頭。

我又嘆了一口氣。「爲了什麼？」

美和子沒有馬上回答。她將兩個咖啡杯放在托盤上，在各自的咖啡碟上附了奶精，以緩慢的動作端過來。她是邊端咖啡，邊思考要怎麼向我解釋嗎？

她把咖啡杯放在我和她面前，依舊垂著眼，等坐下後才沉著地開口。

「我想用自己的方式釐清命案，試著用自己的方式來解釋。」

「解釋？」我不禁皺起眉頭。「解釋是什麼意思？」

「就是……」美和子打開奶精，倒進咖啡裡，用湯匙慢慢攪拌。她應該不是故意的，但吊足了我的胃口。「我想弄清楚究竟發生了什麼事。」

「究竟……什麼意思？」

「就是，誠哥身亡的背後，發生了些什麼。」

「妳的話眞奇怪。妳不是看過報紙了嗎？那妳應該也知道，他被殺的原因是什麼。」

「妳是說，那位叫浪岡準子的女子策畫了強迫殉情？」

我點頭說對。

美和子喝了一口咖啡，歪著頭。「眞的是這樣嗎？」

「怎麼說？妳對哪裡有疑問？」

「昨天刑警來了，是練馬署一位姓加賀的刑警。」

「哦。」我點點頭。眼前浮現他銳利的眼光和精悍的長相。「我也見過他了，在你們去火葬場的時候。」

「是啊，他也說他和雪笹姊談過了。」

「他來問我不在場證明。可笑的是，他問的是五月十七日的不在場證明。」我聳聳肩，伸手去拿咖啡杯。

「他也問我們同樣的事情。對星期六的行動問得好仔細。」

「那個刑警眞是有問題，妳不必在意。」

「加賀先生說，他懷疑浪岡準子小姐的自殺有第三者牽連在內。」

連這個都說了？我嘴裡泛起一陣苦味。

「他有什麼根據？第三者是誰？」

「他不肯說……」美和子的回答，讓我暫時鬆了一口氣。

「他只是隨便亂說的。因爲這個命案備受社會大眾矚目，他一定很想在警察內部引起注意吧。反正，妳別被他影響。」我以略微強硬的語氣對她說。

「可是，」美和子抬起頭，「浪岡準子小姐沒有機會把毒膠囊放進去。」

「咦？」我看著她的臉。「妳說什麼？」

美和子把加賀說的，及神林貴弘的證詞告訴我。綜合這些，浪岡準子確實沒機會。

即使如此，我還是不能輕易贊成她的意見。雖然受到不小的震驚，但我很小心地在聽完後仍維持原本的表情，以不以爲意的語氣說：「什麼啊，原來是這麼一回事。」

「聽說，厲害的扒手就算近看，還是看不出他是怎麼行竊的。很多被偷的人甚至連自己被扒了都沒發現。就是因爲這樣，有很多職業扒手雖然被警察盯上，卻遲遲無法逮捕。我不是說浪岡準子是職業殺手，但也許發生了什麼偶然，讓她可以在每個人都處於盲點的時候動手腳。」連我自己都覺得缺乏說服力，但總比默不作聲好。

「有那種盲點嗎？」美和子並不接受。

「例如，」我說，「她是星期五買鼻炎藥的吧？既然這樣，她買了馬上回自己房間做好毒膠囊，在星期五當晚就溜進穗高先生家，也不是不可能啊。」

我自認爲這個想法不錯，但美和子的表情沒變。

「這個我也考慮過，但還是不太可能。因爲星期五那天，誠哥應該一直都在家。傍晚他打給我，說接下來一整晚都要爲蜜月旅行做準備，這樣浪岡小姐還能溜進去嗎？」

美和子的意見很有力，無懈可擊，但現在可不是佩服的時候。我慢呑呑地喝咖啡，臉色平靜，腦子卻陷入恐慌狀態，這場辯論我不能輸。

「這種事我不願意去想像，更不願意說，可是，」我以超高速整理好不容易想到的理由，一面說，「浪岡準子小姐不見得是溜進去的。也許她沒有必要偷偷進去。」

美和子眨了眨眼，似乎還不明白我在說些什麼。

「也就是說，她可能是大大方方從玄關進去的。是穗高先生找她去的，還是她突然上門的，就不知道了。」

說到這裡，美和子總算明白我要說什麼了。一雙大眼睛睜得更大。

「妳是說他們星期五晚上見面？誠哥和她……」

「不是不可能吧？」

「怎麼會……他兩天後就要結婚了啊！」美和子的眉毛成了八字。

我吐了一口氣，舔舔嘴唇。好極了，情勢開始對我有利了。

「我老實告訴妳吧，馬上就要結婚的男人，也有不少混蛋想趁還單身的時候再見一次前女友，當然不光是見面，也想上床。」

美和子猛搖頭，表達她的不快。「我才不相信有這種事。其他的人就算了，我不相信他會做那種事……」

「親愛的小美和，」我正面逼視她，「我也不想說這種話。但是現實中，穗高先生就是玩弄了浪岡準子的感情。很遺憾，他就是這種人。」

「誠哥原本也是單身，和我交往之前曾經談過戀愛也沒什麼好奇怪的。」

「不是之前。」我說。我必須讓她搞清楚。「在和妳交往期間，他也一直和她保持關係，所以她才會因爲知道穗高先生要和妳結婚而氣昏頭。事情不就是這樣嗎。」

「他……也許誠哥認爲已經和她分手了。」美和子以鑽牛角尖的眼神說。那神情宛如少女。

眞是急死我了。其實我還有一招，能夠一舉打醒這個不識人心險惡的小姑娘。只要告訴她我和穗高誠的關係就夠了，但告訴她這件事，就意味著我和美和子的關係終結。

我喝了咖啡，重新擬定戰略。然後，我想到一件事。

「她曾經懷孕。」我說。

美和子咦的一聲張開了嘴，露出吃驚的表情。

「浪岡準子小姐曾經懷過穗高先生的孩子，當然後來拿掉了。這不是我隨便說的，是我從駿河先生那裡聽來的，不過媒體還沒打聽到就是了。」

「騙人……」

「如果妳認爲我騙妳，就去向駿河先生求證吧。之前穗高先生不准他說，但事到如今，我想他也肯告訴妳實情了。駿河先生說，浪岡準子小姐一直相信穗高先生會和她結婚，就是因爲相信他一定會娶她，才答應墮胎的。」

這番話的最後一部分，不是從駿河那裡聽來的，是我自己的推測。但我相信八九不離十，因爲穗高就是這種人。

看來打擊可能眞的不小，美和子陷入沉默，一直望著餐桌桌面，右手手指仍勾著咖啡杯。看著她沒有擦指甲油的纖細手指，我忽然覺得她好可憐。

追根究柢，都是我不好。如果不是我把她介紹給那種人，事情也不至於變成這樣。正因如此，我更必須負起責任，讓美和子重新振作起來。

「小美和，」我把聲音放柔，「從前我就一直很想問妳，到底覺得他好在哪？」

美和子緩緩看向我。望著那雙黑色的眼眸，我繼續說道：「像妳這麼聰明的女孩，爲什麼會喜歡上他那種人？我實在不懂。」

一面問，我一面在內心自嘲：妳自己不也喜歡過他嗎？

「我想，」她開口了，「我和雪笹姊看到的他，是完全不同的兩面。」

「妳是說雙重人格？」

「不是的，我的意思是，就算是同個東西，角度不同，看起來就會完全不同。」

她伸手從旁邊的小餐車上拿起裝有咖啡粉的罐子，橫放在餐桌上。

「這樣放的話，從雪笹姊那邊看起來是長方形吧？可是從我這邊看過去是圓形。」

「也就是說，我沒看到他的優點是吧。」美和子對我的話微微點頭。看到她這樣，我更進一步說：「可是，小美和妳也沒看到他的缺點啊。」

「沒有人是完美的，他也不例外。我一直都是這麼認爲。」

「可是妳不是很震驚嗎？」

「一點點而已。可是我很快就會習慣的。」美和子右手按住額頭，手肘拄在餐桌上，像是在忍受什麼疼痛似的。

試圖讓迷上惡質新興宗教的女兒清醒的父母是什麼樣的心情，我現在有點了解了。口頭上規勸是勸不動的。

可是，不久之前的我，就是這個樣子。和穗高誠交往的事，我沒有告訴任何人，但假如有人清楚他的眞面目，勸我最好跟他分手，我也不會聽吧。

「我明白了，那就算了。」我輕輕舉起雙手，做出投降的姿勢，然後砰的一聲把雙手放在桌上。「妳還愛著他，他就突然走了，也難怪別人怎麼說妳都不相信，要妳突然討厭他，也是不可能的吧。所以我不會再提這些了。但是答應我一件事好嗎？」

美和子面向我，眼睛充血，似乎隨時都會掉下眼淚。

「妳要努力快點忘掉命案的事。我也會幫妳的。」

聽了這兩句話，她又垂下睫毛。我兩手撐在桌上，身子向前傾。

「我今天來這裡，其實我們老闆有點反對。他說命案才剛發生不久，美和子的心情大概還沒有平靜下來，還說要暫時讓妳靜一靜。可是我的想法不同，我認爲一定要現在來見妳，勸妳寫詩。」

她看著下方搖頭，用盡全身力量來拒絕我。

「爲什麼？」我問。「因爲妳悲傷得不想寫詩？可是正因爲妳那麼悲傷，更應該用詩來表現不是嗎？妳可是詩人呀。或者，妳認爲只要寫一些飄緲夢幻的東西就好了？」

我的聲音愈來愈大。因爲我急著希望她能早點站起來，忘掉穗高誠。

美和子把手從餐桌上放下來，以失神的表情，凝視著空中的一個點。

「我在想通之前不會寫詩。」

「小美和……」

「在命案沒有得到明確的答案之前，我不會寫。我不想寫，恐怕也寫不出來。」

「可是除了我們目前所知的答案，根本就沒有別的答案啊！」

「就算是這樣，對我而言，在確定眞相是那個答案之前，命案就還沒有結束。」她朝著半空中這麼說，然後微微低頭行了一個禮。「對不起。」

我仰望天花板，從腹部深處嘆了一口長長的氣。

「妳是說浪岡準子小姐以外的人殺了穗高先生？那究竟要怎麼下手？」

「我不知道。可是能夠下毒的人，我想並不多。」

我不由得看了她。只有在說這句話的時候，她的語氣冷靜得出奇。美和子已從剛才的心煩意亂，轉換成帶有某種冷靜的表情。

美和子以那個表情面向我，問道：「婚禮即將開始的時候，我把藥盒交給雪笹姊對吧。後來藥盒呢？」

3

我離開神林家時，已經超過四點，爲了到大馬路上招計程車，我向南走。溫熱的風吹過我的臉頰，灰塵黏在皮膚上，很不舒服。我剛才怎麼會覺得這種天氣清爽呢？

我還是無法讓美和子走出命案的陰影。「懷疑」這個枷鎖將她五花大綁，令她全身上下動彈不得。若不解開，她終究無法把我的話聽進去。

話雖如此，沒想到她竟然連我也懷疑。

當然，她並不是特別懷疑我。要破案，就必須弄清楚毒膠囊是經由誰的手？又是怎麼交出去的？她一定是爲此才要求我做出明確的說明。但是，美和子問「後來藥盒呢？」的眼神非常嚴峻，似乎表示在這件事上，絕對沒有特殊待遇。

該怎麼做才能使美和子想通？該怎麼做才能將命案和穗高誠從她腦海中抹去？

正當我出神地邊走邊想時，旁邊響起喇叭聲，我吃了一驚，往聲音的方向看，一輛眼熟的車子緩緩行駛在旁。

「啊，」我說，停下腳步，「剛回來？」

「是啊。」富豪車駕駛座上的神林貴弘淡淡一笑。「從我家出來嗎？」

「是的。剛剛和美和子討論完事情，現在正要回去。」

「哦……」神林貴弘意外地睜圓了眼睛。他應該也很清楚現在美和子是什麼情況，所以才會懷疑她能不能討論公事。

「結果我們幾乎沒辦法談正事。」

我這麼說，他以理解的神情點點頭。

「我想也是。妳要怎麼回去？」

「我打算搭計程車到橫濱車站。」

「我送妳，上車吧。」他解開前座車門的鎖。

「不了，太麻煩你了。」

「請別客氣。再說，我也有事想找妳商量。」

「商量？」

「應該是說請教比較恰當吧。」神林貴弘意味深長地拉高語尾。

我不太想和這人獨處，但又沒理由拒絕。再說，我也想知道他在打什麼算盤。

「那麼我就不客氣了。」我繞到前座那邊。

「妳和美和子談了什麼？」車才剛開，他便主動發問。

「哦，很多。」我含糊其詞。沒有主動出牌的必要。

「像命案之類的？」

「嗯，也談到一些。」

「美和子說了什麼？」

「她說昨天刑警先生來了。」
「然後?」
「然後?」
「關於這件事,美和子有沒有說什麼?」
「你是說刑警先生來過的事嗎?」我故意偏著頭。「她沒說什麼。我是覺得案子都已經破了,還有什麼好調查的。」
神林貴弘望著前方,微微點頭,看得出來很在意美和子的情形。我非常想知道他們兄妹之間談過些什麼。
「你們兩人沒有談過命案的事嗎?」我試著問。
「很少。她幾乎都關在房間裡。」他的答案很冷淡。眞的是這樣嗎?是否隱瞞了什麼?我無法判斷。
我望著他的側臉。少年般細緻的肌膚、端正得令人忍不住想親一親,卻又有些像假人的長相。我不禁聯想到百貨公司男裝部的模特兒假人。
「關於浪岡準子小姐,」他的嘴唇動了,「妳認識她嗎?」
「完全不認識。」
「這麼說,妳也和我一樣,上週六是第一次看到她了。」
「嗯。有什麼不對嗎?」

「沒有……只是在想，穗高先生有那樣一個女人，不知道除了駿河先生外還有沒有人知道。而妳又曾經是穗高先生的責任編輯。」

「假如我知道，無論如何都會阻止美和子和他結婚。」我很明白地說。

神林貴弘握著方向盤，朝我瞄了一眼，「說的也是。」他點點頭。

不遠就是橫濱車站，路也有點塞了。我說隨便找個地方把我放下來就可以了。

他沒回話，卻問道：「妳和穗高先生很久了嗎？」

「什麼很久？」

「認識。或者說是擔任編輯的期間吧。」

我哦了一聲，點點頭。「四年多……吧。」

「那還蠻久的嘛。」

「會嗎。我倒不這麼認爲。最近他都不肯幫我們公司寫稿，我等於形式上的編輯。」

「不過你們私底下很熟吧？把美和子介紹給穗高先生的，也是妳啊。」

這人到底想說什麼？我加重了戒心。要是一不小心，可能我還沒發動攻擊，他就打過來了。

「也不算熟。我會把美和子介紹給他，只因爲我剛好是美和子的編輯而已。」

「是嗎。不過上週六大家一起去餐廳時，看你們的樣子，好像相當了解彼此。」

「會嗎？我可眞意外。因爲我們就算在晚宴之類的場合遇到，也不常說話呢。」

「看起來不太像啊。」神林貴弘看著前方說。

他的鐮刀揮過來了。雖然不知道他有什麼依據，但看來他是在懷疑我和穗高誠的關係。沒有人會平白無故打探這種事情，可見他是想知道我有沒有殺害穗高的動機。他爲什麼會盯上我？

無論如何，這都不是個討人喜歡的話題。

「不好意思，到這邊就可以了。我用走的，一下就到了。」我說。

「趕時間嗎？要不要去哪裡喝個茶？」神林貴弘說。他以前絕不可能對我說這種話。

「我是很想去，不巧沒時間。因爲我們現在正在完稿，我得趕回公司才行。」

「是嗎。眞可惜。」

道路左側有一個可以停車的空間，他放慢車速，小心地切換方向盤靠過去。

「謝謝。省了我一段路。」我拿包包準備下車。手放門把上，等車一停就立刻開門。

「哪裡，也許反而耽誤妳時間。對了，」停車的同時他問：「妳有電腦嗎？」

「電腦？沒有，我沒有。」

「是嗎。是這樣的，我有個朋友在做電腦遊戲，在找人試玩。不過既然沒有，那就沒辦法了。雪笹小姐是用文字處理機嗎？」

我搖搖頭說：「說來丟臉，電腦和文字處理機我都沒有。因爲編輯其實很少自己寫文章，校稿的時候當然是手寫。」

「這樣啊。」神林貴弘以打探的眼神一直看著我。

「那我在這裡下車了。眞的很謝謝你。」

「哪裡，下次再來玩。」

我下車繞到車後方走上人行道，向駕駛座上的神林貴弘稍微點頭致意後就離開了。我呼了口氣。眞是個好難聊天的人，無法看穿他的心思。要不是他，我才不會贊成美和子結婚。就是爲了要把她帶離這個人身邊，所以雖然對象是穗高誠，我也只好認了。

我決定走斑馬線，路上車子還是一樣多。我一面過馬路，一面想著神林貴弘的富豪車開到哪了，不經意地將視線放遠。

富豪車在我身後二十公尺左右的地方，比剛才沒有前進多少。神林貴弘一定很不耐煩吧。但當我這麼想，並往駕駛座看時，嚇得差點停下來。

神林貴弘依然看著我。他雙手放在方向盤上，下巴靠在手背上，然而他的眼睛一直朝向我。那是進行觀察的學者之眼。

我別過臉，匆匆離開。

駿河直之之章

1

看到上車的那一家人，我的心情陷入絕望之中。那是一般人最敬而遠之的家族類型。一個四十來歲、看似父親的肥胖男子，牽著一個三歲左右的女孩。那女孩的腿也像火腿一樣。而比他們肉更多、體格更壯碩的母親，則是右手抱著嬰兒，左手提著一個鼓脹脹的紙袋，裡面大概塞滿了外出時的嬰幼兒用品吧。

從水戶回東京的電車很空。我放鬆地坐在兩兩對坐的四人座，腳蹺在對面座位上看報紙，只是放鬆的時間並沒有持續多久。車廂內還有很多座位，但都坐了兩到三個人，容不下剛上車的胖子一家。

做母親的往這裡看。我立刻轉移視線，看窗外的夜景。

「啊，孩子的爸，那裡那裡。」

玻璃窗的倒影裡，肥胖的母親筆直地朝我這裡走來，我簡直可以感覺到地板的震動。她把紙袋放我旁邊，表示「我要坐這裡」。我不得不放下蹺在前面座位的腳。慢了幾步的父親也趕來了。

「位子剛好。」

做父親的正要坐下，女兒就開始哭鬧，好像是想坐窗邊。

「好，那雅雅坐這裡，爸爸幫妳把鞋子脫掉哦。」

做父親的照顧女兒，做母親的似乎只想著如何把東西放到網架上。

一陣忙亂之後，一家人總算坐好了。抱著嬰兒的母親坐在我旁邊，她對面是父親，父親旁邊坐的是裝模作樣學大人說話的女兒。

「真不好意思，吵吵鬧鬧的。」做父親的總算向我道了歉，但那語氣顯然不怎麼抱歉，我只能說聲「哪裡」。

因爲沒有空間可以攤開報紙，我只好把報紙摺起來收好。旁邊的女人占據一半以上的座位，擠得不得了。我不動聲色地調整坐姿以示抗議，但女人碩大的屁股完全不爲所動。

我鬆開領帶。光是穿喪服就已經夠拘束了，結果還遇到這種事，眞倒楣。

這對夫婦開始聊起天。我無意偷聽，但聲音自然傳進耳裡。一開始我完全聽不懂他們在說什麼，不久才知道他們在說親戚壞話，像紅包包得太少啦、酒品差啦，諸如此類的。聽起來，他們是帶剛出生的嬰兒去看望親戚。兩人說話的重音位置都有微妙的偏差，我聽出是茨城口音。也許說不上聽出聽不出的，因爲直到剛剛，我都被這種方言包圍。

穗高誠的第二次葬禮，在他老家的區民活動中心舉行。話雖如此，正式的葬禮已經舉行過了，所以這次算是當地居民辦的追悼會。十坪左右的大廳裡，聚集了親戚和鄰里街坊，大家吃著外送料理、喝著酒，悼念穗高。

依我的認知，穗高誠的人氣早就走下坡了，但置身那群人中就會覺得他還大有可爲。在他出生的故鄉，他依然是明星。來參加追悼會的人，似乎個個熟知他的作品，也以他爲傲。我對面就坐著一個哭泣的老婦人，我問她是否與穗高很親近，結果她說，她住在附近卻沒見過他，即使如此，她一想到這鎮上最有成就的人遭到不幸，眼淚就停不住。

因爲這樣就以爲他人氣仍旺當然是錯覺。來參加追悼會的人們嘴裡所談的穗高的豐功偉業，都是他全盛時期的事蹟。小說得獎、暢銷作品拍成賣作電影等等，全都是陳年往事。他們當中似乎沒有人知道穗高一手籌拍的電影票房慘淡，穗高企畫還因此岌岌可危。

追悼會開到一半，穗高道彥站起來，請親戚和地方有力人士致詞。老實說，這實在是一種折磨。被點名的人似乎是事先就被拜託好，看得出是有備而來。然而，就和婚禮上的致詞一樣，既枯燥又平板的句子沒完沒了地繼續下去，而且還沒有時間限制，所以每個人的致詞都比婚禮的還長。不要說聽了，光是待在那裡就非常痛苦，我辛苦地忍著呵欠。

讓我清醒過來的是穗高道彥。他突然點名叫我，表示想請多年來的友人同時又是工作伙伴的我說說話。

我本想婉拒，但當下的氣氛不容我這麼做，無可奈何之下，我只好走上前去，隨便選了聽眾愛聽的兩三件事來說。例如和穗高一起去取材旅行時的事、作品成功兩人舉杯慶祝的事。我發現我的故事刺激了好幾個人的淚腺，也許是我太過加油添醋了吧。

相關業界包括出版業在內都無人出席，因爲我根本沒聯絡他們。是穗高道彥要求我這麼做的，似乎是怕媒體蜂擁而來。理由很明顯：他想對出席者模糊穗高誠的死因。

意外死亡，原因還在調查中——這些詞語穗高道彥用了好幾次，而且一開頭就言明，

「雖然有許多不負責任的臆測，但我們相信誠」。茨城的報紙等也報導了穗高之死與浪岡準子自殺的關聯，因此他這麼做，應該是想在有人發問之前先下手為強吧。

追悼會結束之後，穗高道彥叫住我，表示有話要和我說。我看著表回他：「一個小時的話沒問題。」

他帶我到附近一家咖啡店，有一個小個子的男人在那裡等著，穗高道彥說是認識的稅務顧問。他們找我，是為了問穗高企畫的經營狀況，也是為了決定今後的方針。話說得一副以我的立場為優先，但其實就是想宣告往後由他們自己接手處理。

我將穗高企畫的現況毫無保留地說了，隱瞞也沒有任何好處。

穗高道彥的臉色愈聽愈難看，稅務顧問也不知如何是好。他們多半沒料到會有債務，說不定還一心認為穗高企畫是隻金雞母。

「這樣的話，穗高企畫現今的主要收入來源是什麼？」稅務顧問細聲問。由於他已經理解壞的一面了，要我告訴他們有利的一面。

「出版品和錄影帶的版稅，改編成電影或電視劇時的版權費……之類的。如果有寫稿，就會有稿費。」

現在這個寫稿的人已經不在了。

「金額大概多少？」稅務顧問以不怎麼期待的表情問。

「每年都不太一樣。詳細數字必須回事務所才知道。」

「請問……」穗高道彥插嘴，「這次的事造成話題，會不會讓以前出過的書再大賣？」

我再次細看他那張乍看之下很老實的臉，同時也想起他在信用金庫工作的事。

「我想多少會的。」我回答。

「多少是指……」

「能賣多少我無法預估。也許會變成暢銷書，也可能只是還不錯，這就不知道了。」

「可是無論如何，至少都會賣？」

「多少都會的。」我說。

穗高道彥與稅務顧問互視，露出困惑與猶豫交錯的神情，他們腦中恐怕正在進行種種盤算吧。我幾乎能聽到他們撥算盤的聲音。

他們表示再和我聯絡，我就和他們道別了。我早就打定主意無意堅守這艘沉船。

我是在東京的葬禮時，確信守著穗高企畫也沒有任何好處的。穗高生前來往的編輯、製作公司、電影業者都到了，但積極來找我問候的人很少。所有人幾乎都只是說些千篇一律的弔唁之詞，而主動找我說話的人，絕大部分都是想確認神林美和子的工作是否眞的會由穗高企畫管理，他們心裡當然是巴不得這件事談不成。

「事務所本身會怎麼樣都還不知道呢。」我這樣回答他們。聽了這句話，他們的反應很顯然是放下心中一塊大石頭，一臉出席葬禮的主要目的已達成的表情。

老鼠已經開始逃跑了，再來就只等船沉下去而已。我心裡這麼想。

旁邊那女人懷裡的嬰兒開始哭鬧。女人搖動身體來哄，更加壓縮了我的空間。

「會不會是肚子餓了？」做父親的問。

「可是我剛剛才餵過奶啊。」

「那是尿尿了嗎？」

「是嗎？」做母親的把臉湊到嬰兒的下半身，抽動鼻子聞了聞。「好像不是。」

嬰兒的哭聲變大了。母親嘴上說著眞糟糕，卻毫無採取具體對策的樣子。

「不好意思。」我拿起報紙，從座位上站起來。

女人立刻抱著嬰兒站起來，似乎知道我準備換到其他座位。他們可能也在等這刻。

我在通道上邊走邊找空位，然而剛剛明明還那麼空的車廂，現在卻幾乎全坐滿了。雖然不是一個空位都沒有，但要不是在大漢旁邊，就是帶著小孩的家長，會空下來不是沒有原因。無奈之下，我選擇站在車門旁，靠著扶把。

爲了要承受車身的搖晃，雙腳採取微妙的平衡。實在可笑，早知如此，那一家人來的時候，就應該馬上換位子的。

結果在工作方面，我也犯了同樣的錯，我心裡這麼想。我應該更早痛下決心離開穗高企畫，找下一份工作的。沒看清穗高誠已經江郎才盡的代價實在太大了。

在東京的葬禮上，也來了好幾個與穗高誠有交情的作家，其中也有這幾年當紅的作家。以前穗高曾半開玩笑地提議，將改編電影的相關雜務全部交由穗高企畫一手包辦。一旦成爲暢銷作家，就會有製作公司來談改編成連續劇或電影的事，要應付他們，以及決定拍片後實際上會多出的雜務，其實相當煩人。再加上作家通常不擅長談版權費這類事情，所以建議由穗高企畫代替本人處理。當然，穗高不單單是仲介，他也把這些作家的原作構思成企畫，主動向電視台提案。

葬禮中，我接近幾個作家，打聽他們需不需要所謂的經紀人。結果不出我所料，沒有人願意把這類事情交給穗高企畫的人辦。

換句話說，在這個業界，我實際上已經失去生存之道了。

但是選擇這條路的不是別人，正是我自己。就算穗高活著，穗高企畫也是注定要沉沒的，只不過是時間問題而已，但我把時間提早了。在這件事情上，我沒有絲毫後悔。一個大男人，日子怎樣都能過，不過若扼殺了靈魂，就連活著的價値都沒有。

車內響起嬰兒的哭聲，以及剛才那個母親哄嬰兒的聲音。吵死人了。對四周的人而言，眞是無妄之災。

但要是浪岡準子在這裡，她一定連眉頭也不會皺一下吧。我想起每當看到帶著嬰兒或幼兒的女性，她的眼神總會夾雜著羡慕、悲傷與後悔。恐怕是下意識吧，那時她的手都會按著自己的下腹部。

我想起她的遺書。她是懷著什麼樣的心情寫下那些話的？

一想起浪岡準子，胃和胸口就熱了起來。這股熱氣上下移動，有時好像會刺激我的淚腺。我咬住嘴唇強自忍耐。

2

一回到自己的住處，莎莉便從堆疊著的紙箱後面出來，喵了一聲，伸了一個大懶腰，再打了個大呵欠給我看。

我脫下喪服正換上便服時，電話響起。我拿了無線子機，在床上坐下接起：「喂。」

「駿河先生嗎？」一個低沉的聲音傳來，「是我，練馬署的加賀。」

我心中升起一團黑霧，疲累的身體更加沉重了。

「有什麼事？」我的聲音變得很冷漠。

「有兩三件事想請教。我就在附近，可以過去打擾一下嗎？」

「這個有點……我家很亂。」

「那麼我在附近的咖啡店等，您可以出來一下嗎？」

「不好意思，我很累了。今天我想休息。」

「不會耽誤太多時間的。請您幫個忙。」

「可是……」

「我會開車到您公寓前，您可以出來一下嗎？不會太久的，在車上請教您就好。」

這個人還是一樣懂得強迫別人。這時候趕他走，也只是換成明天來而已。

「我明白了。那請你到我家來，不過我家眞的很亂。」

「沒關係，請您不要放在心上。我這就過去。」加賀從容地這麼說，掛了電話。

他到底要來問什麼？我心情整個沉重起來。那個刑警打從一開始便對準子的死抱持懷疑，說什麼她的頭髮上沾了草……

對講機響了。掛斷電話還不到三分鐘，看樣子他眞的就在附近，可能在等我回來。

我拿起對講機聽筒，說：「喂。」

「我是加賀。」

「好快啊。」

「因爲我就在附近。」

我按鈕打開一樓的自動鎖。我想再過一兩分鐘，加賀就會來到門前再按一次門鈴吧，於是迅速掃視四周，檢查有沒有什麼東西不方便讓他看到。當然並沒有這種東西，不僅這個房間沒有，我的所作所爲應該也沒有留下足以成爲證據的任何蛛絲馬跡才對。

門鈴響了。莎莉有點害怕地躲在椅子下，我把牠抱在懷裡去開門。

門開了，與前幾天同樣一身深色西裝的加賀就站在那裡。他低頭致意，但還沒行完禮，視線就停留在莎莉身上，驚訝地睜圓了眼睛，然後笑了。「是俄羅斯藍貓嗎？」

「你對貓眞了解。」

「因爲不久前才看過同種的貓，在動物醫院裡。」

我哦了一聲，點點頭。「你去過她的醫院了。」

「她的醫院？」

「菊池動物醫院啊，浪岡小姐上班的地方。」

這回換加賀哦了一聲，點點頭。「不，是別家動物醫院。說到這個，在菊池動物醫院沒看到貓呢。應該是巧合吧，那時候的動物都是狗。」

「別家動物醫院？」問完之後，我才想到，於是說：「你也養寵物？」

「不，我沒有養。是很想養，但因爲工作性質的關係，經常不在家，所以忍著沒養。我同事有人養大型蜥蜴，但這個我實在不太行。」刑警苦笑。

「那麼你去別家動物醫院是……」

「爲了辦案。」說完加賀點點頭。

「另一件案子嗎？」

「不，」加賀搖搖頭，「我現在專門辦浪岡小姐的案子。」

我不由得皺眉頭。「這次的事情，有需要到哪家動物醫院嗎？」

「這個嘛，很多啊。」加賀帶點狡猾地笑了，看樣子不想再說。「總之，有點事情想請教。」

「請進。」我把門開得更大。

進屋後，加賀深感興趣地看著室內，嘴角仍掛著笑容。這是爲了要讓我心裡發毛所展現的演技嗎？他的眼睛像尋找獵物的猛獸般，閃著銳利的光芒。

我們隔著餐桌相望。我把莎莉放下。

「茨城那邊情況如何？」看到掛在衣架上的喪服，加賀問道。

「……嗯，沒什麼狀況，順利結束了。」

我忽然覺得吃了一小記拳頭。看來他早就料到我去過茨城，而且很可能估算了我回來的時間。

「工作方面好像沒有什麼人出席啊。」加賀說。

「你聽人說的？」

「是的，出版社的人。」

「工作方面的人都出席過上石神井的正式葬禮了。茨城那場只邀請近親，所以我們不方便主動聯絡。」

「看樣子是這樣。」加賀取出手冊，以緩慢的動作打開。「我的問題有些失禮，還請您見諒。這是爲了查明眞相。」

「別客氣，請問吧。」我說，心想這時候還有什麼失不失禮的。

「聽說穗高企畫經營方面不是很順利，是眞的嗎？」

「這個嘛，」我刻意露出苦笑，「我認爲順不順利算是主觀的問題。以我個人的看法，我覺得並不差。」

「但是這幾年負債的金額不斷增加，很多都是與電影製作相關的，因此在經營方針上，您與穗高先生之間似乎有不少意見衝突。」加賀看著手冊說。
「當然了，人難免都會有意見相左的時候。這是很正常的。」
「意見相左，」加賀直視著我問，「只有在經營這方面嗎？」
「什麼意思？」我感到自己的臉頰微妙地僵硬。
「我從浪岡準子小姐的熟人那裡聽到不少事情。」
「所以？」
「浪岡小姐曾經找朋友商量說，有一個人喜歡自己，自己也不討厭他，但是後來卻愛上透過這個人認識的男性。該怎麼辦才好？——這是她與朋友說的內容。」
我陷入沉默，或說我想不出該回什麼。我沒預期話題從公司經營一跳跳這麼遠。
「她指的是您吧？」加賀說。也許是感覺到擊中痛處，他的語氣裡透露出自信。
「很難說吧？」我不承認。儘管知道此時刻意冷笑也沒什麼作用，但我仍露出這副表情。
「你是指什麼呢？我不太明白。」
「浪岡小姐認爲您喜歡她。是她自作多情嗎？」
我吐了一口氣。「我是對她有好感。」
「到哪種程度？」
「什麼程度啊……」

「寵物明明沒生什麼大病，卻爲了見她而頻繁到動物醫院報到，是這種程度嗎？算好她下班時間約她喝茶，是這種程度嗎？」加賀連珠砲般說完，定定地直視我的雙眼。

我輕輕搖頭，以手心搓了搓下巴，鬍子好像稍微冒出來了。

「加賀先生，你很惡劣呢。」

加賀的表情溫和了些後回應：「會嗎。」

「都已經查得那麼清楚了，沒有必要故意來問我吧。」

「我希望當事人親口說出實情。」加賀的指尖在桌上叩叩輕敲。

過了幾秒沉默的時間，聽得到風吹過的聲音，窗戶喀嗒喀嗒作響。莎莉不知從哪裡冒出來，在我腳邊蹉成一團。

我吐了一口氣，放鬆肩膀。「可以喝啤酒嗎？不喝點酒，實在很難開口談這種事。」

「請便。」

我站起來，打開冰箱。罐裝健力士啤酒冰得恰到好處。

「加賀先生也來一罐如何？」我拿出黑啤酒罐，問了一句。

「正統黑啤嗎？」加賀露出笑意。「那我就不客氣了。」

我雖有點吃驚，仍把罐裝健力士遞給他。我還以爲他會說正在執勤而拒絕。

我重新坐回椅子上，拉開啤酒罐拉環，先喝了一口。黑啤酒獨特的芬芳在嘴裡擴散開來，更令人感激的是，它滋潤了乾渴的喉嚨。「我是喜歡她。」我看著加賀，直接了當地說。我認爲無謂的掩飾此事，只是徒然刺激這個刑警的嗅覺。

「只不過，」我繼續說：「僅止如此而已。我和她之間什麼都沒發生。若用老派的說法來說，連手都沒牽過，眞的。所以就算她和穗高交往，我也無法責怪她，更沒道理去恨穗高。總之，一切都只是我單戀。」說到這裡，我又喝了幾口啤酒。

加賀從他深陷的眼窩深處望著我，眼神像是要透視出我眞正的想法。終於，他也打開健力士，然後舉起啤酒，做出像是乾杯的動作。

「大鼻子情聖，爲了她的幸福而退讓啊。」

「沒那麼偉大。」我笑出來。「只是我單方面地愛上她，又單方面地被拒絕罷了。」

「可是你希望她幸福吧？」

「那當然。我自認我的爲人沒那麼陰沉，不至於被拒絕了就希望對方不幸。」

「既然如此，」加賀說，「當您知道穗高先生拋棄浪岡準子小姐，要和神林美和子小姐結婚的時候，沒有產生什麼特別的想法嗎？」

「特別的想法？」

「是的，」刑警點點頭，「特別的想法。」

我捏扁健力士的罐子。本想再喝一口潤潤喉的，但胃裡好像有什麼東西要湧出來，讓我不想再喝了。

「這倒沒有。」我說。「加賀先生，我知道你在想什麼。你懷疑我因爲自己愛的女人被棄之如敝屣，就氣昏頭殺了穗高吧？難爲你想這麼多，沒這回事。我頭腦沒那麼簡單。」

「誰說您頭腦簡單了？」加賀挺直了背脊。「您是一個用心很深的人。這是經過種種調查後，我所得到的想法。」

「聽起來不像是純粹在誇獎啊。你認爲我是凶手？」

「老實說，確實是有所懷疑，您是嫌犯之一。」加賀乾脆地說，大口喝下啤酒。

3

「這就說不過去了。」我雙手抱胸。「遺書該怎麼解釋？」

「遺書？」

「浪岡準子小姐的遺書，寫在傳單背面的那個。報紙上說筆跡和她本人一致。」

「那個啊。」加賀點點頭。「是的，的確已經確認是浪岡小姐寫的了。」

「既然如此，那一切不就都解決了嗎。那內容不是暗示她殺了穗高嗎？」

加賀放下罐裝啤酒，以食指指尖搔搔自己的太陽穴。「她沒有這樣暗示，只寫她先到天國去了。」

「這不就是暗示嗎？」

「是可以看出她期待穗高先生的死。但是，她並沒有表明是她殺害了穗高先生。」

「眞是歪理。」

「會嗎。我自認爲只是陳述客觀的事實而已。」

加賀沉著冷靜的態度，讓我感到焦躁。

「總之，」我握緊罐裝啤酒說，「你要怎麼發揮想像力我管不著，但我不是凶手。我沒辦法殺死穗高。」

「這就難說了。」

「穗高是中毒而死的吧。硝酸番木鱉鹼……是吧？那種東西，我要怎麼弄到手？」

聽我這麼說，加賀垂下眼，裝腔作勢地翻他的手冊。

「五月十七日白天，您和穗高先生一行人去了義大利餐廳對吧。然而，我詢問餐廳的人後，得知只有您中途離開。餐廳裡清清楚楚地留下紀錄，只有您的餐點出到一半就不出了。」說到這裡，加賀抬起頭來。「怎麼回事呢？用餐時只有一個人先行離開，唯一的可能性，就是發生了相當嚴重的事情。」

我感覺握著罐裝啤酒的手心開始冒汗。雖然早就知道警方一定會追查到這個部分，但還是希望能躲就躲。

「這件事和我怎麼弄到毒藥，有什麼關係嗎？」我盡全力佯裝鎮靜地問。

「我推測，您會不會是在當時與浪岡準子小姐有所接觸。」

「接觸？接觸是什麼意思？」

加賀沒有回答這個問題。也許是認爲無謂的對話只是浪費時間。他的雙手在餐桌上互扣，抬眼看我。「請回答我的問題，您爲什麼中途離開餐廳？」
我調整好姿勢。因爲我認爲這是最關鍵的地方。
「我有個工作無論如何都必須在那天完成。因爲我想起這件事才告辭離開的。」
「奇怪了，據雪笹小姐和餐廳的人說，在那之前，您的手機曾經響過。」
「是我自己讓電話響的。」
「您自己？」
我伸長手，拿起正在充電的手機，然後找出設定鈴聲的操作畫面，按下確定鍵，小小的擴音器便發出熟悉的鈴聲。
「像這樣，就可以假裝有人來電，說是外來的緊急電話，好方便離座。」
加賀以難看的臉色注視我的手機，但不久便露出一絲笑容。
「是什麼樣的事呢？等吃完飯再做會來不及的工作？」
「也許來得及，但也有可能來不及，是要彙整一部小說的資料。穗高打算蜜月時帶去，所以無論如何都必須在當天完成。我吃飯吃到一半，才想到我不小心忘了。」
「那些資料現在在這裡嗎？」
「沒有，我已經交給穗高了。」
「是什麼樣的內容呢？」
「和陶藝有關的。大概有二十張A4紙。」

「陶藝啊……」加賀把我的話記在手冊裡，臉上還是露出令人不自在的笑容。那個笑容，就像看穿了我說的話是謊話，但仍樂見我說謊。

他一定推測出打給我的就是浪岡準子，但是他應該無法找到證據才對。她所使用的手機，穗高應該已經處理掉了，充電器我也丟掉了。那隻電話本來就不是用她的名字中請的，也不必擔心會被調閱通聯紀錄。

略加思索之後，他問：「那些資料，您是什麼時候交給穗高先生的？」

「星期六晚上。」

「星期六晚上？爲什麼呢？穗高先生準備帶去度蜜月不是嗎？既然這樣，婚禮當天交給他不就得了？」

「因爲當天有很多事情要忙，我覺得可能沒有時間交給他。穗高一身新郎打扮，拿資料給他，也只是徒增他的困擾。再說，當天也有可能會忘記。」

加賀默默點頭，伸手去拿健力士的罐子。一面喝，一面朝我投以銳利的眼光，與其說是看穿了謊話，不如說是在評估說謊者的本質。

的確有這份陶藝資料，我大約在兩個月前交給穗高。只是那份資料恐怕至今仍躺在他書桌的抽屜裡。加賀是連這些都想好了，才問我什麼時候把資料交給穗高的。要是我回答當天給的，就正中他下懷了，如果是這樣的話，資料不在旅行用的行李中就很奇怪。但由於我回答是前一天交給他的，應該還說得過去，這樣就算資料不在穗高的行李裡，也不會有所矛盾。因爲可能是他出發前改變主意不帶了，或是忘了放進行李箱。
「還有其他問題嗎？」我問。
加賀闔起手冊放進上衣口袋，微微搖了頭。「今天就問到這裡，謝謝您的協助。」
「很抱歉沒幫上忙。」
我的這句話，讓本來正要從椅子上起身的加賀暫緩動作。他看著我說：「哪裡，我收穫良多，眞的。」
「是嗎。」我腹部使勁，承受刑警的視線。
「可以再請教您一個問題嗎？」加賀豎起食指說。「和調查無關。您就當作一個年過三十的男人基於好奇心提出的問題吧。如果您不願意回答，就請您不要回答。」
「什麼問題？」
「請問，」加賀正對著我站起來，「您對浪岡準子小姐懷著什麼樣的感情呢？已經說不上喜歡或討厭了嗎？」
這個直接的問題，讓我有些不知所措，甚至不由得後退了點。
「你爲什麼想知道這個？」我問。
加賀嘴角擠出笑容。意外的是，他的眼睛也露出笑意。「所以我才說基於好奇心啊。」
這不像刑警的表情，讓我感到困惑。他有什麼目的嗎？
我舔舔嘴唇之後說：「我不想回答。」

「是嗎。」他以認同的表情點點頭，看了手表。「打擾了好長一段時間，對不起，在您疲累的時候還來拜訪，那麼我告辭了。」

我小聲說哪裡。莎莉一溜煙穿過我身邊，走到穿鞋的加賀那裡，我連忙把牠抱起來。

加賀伸出右手，抓抓莎莉耳後，牠舒服地閉上眼睛。「這隻貓好像很幸福。」他說。

「但願如此。」

「再見。」加賀低頭行了一禮。我也點頭回禮，心裡想說的是：別再來了。

在確定加賀的腳步聲已經走遠之後，我抱著莎莉蹲下來，牠頻頻舔我的臉頰。

神林貴弘之章

1

腦中霧濛濛的，正因如此，我的思考完全沒有進度。我想靠威士忌來清除這片霧，但是再怎麼清除，不，愈是努力清除，視野就愈差。那種感覺和遇到量子力學的難題時一模一樣。假如是量子力學，在這種時候，我大多是採取規避這個難題的解法。因爲我認爲，等我想得出能夠突破這個難題的靈感，我都能拿到諾貝爾獎了。

但是現在折磨我的問題，卻找不到規避的路，我只好不斷喝威士忌，結果周公來解救我了。我昨天就是這麼過的。

不過這眞的是治標不治本，今天早上我再次認清這一點。因爲我從床上醒來時，腦中仍然籠罩著灰色的霧，而且頭痛欲裂。

有什麼聲音在響。我花了好幾秒，才聽出是玄關對講機的鈴聲。我從床上一躍而起，牆上的時鐘指在上午九點多的地方。

我拿起裝在二樓走廊牆上的對講機聽筒。「喂。」

「請問是神林貴弘先生嗎？」一個男人的聲音說。

「我是。」

「有您的電報。」

「電報？」

「是的。」

我帶著尚未恢復清醒的混沌頭腦，穿著睡衣下樓。再次想起原來這個國家還有電報這種通訊方式。我一直以爲這種東西只會出現在婚葬會場（*1）。

一打開玄關的門，一個頭戴白色安全帽的中年男子便遞給我一張摺起來的白紙。我沉默地接過，男子也無言地離去。

我當場打開電報。總計二十個字排列在那張紙上。那行字的內容無法當下進入我的腦中。原因之一是我的頭腦依然無法充分運作，而另一個原因，是上面內容太出乎意料。

上面是這樣寫的：

「二十五日　辦頭七　下午一點　候於寒舍客廳　穗高誠」

我不禁出聲說：「搞什麼？」

二十五日，辦頭七，下午一點，候於寒舍客廳。穗高誠——

發電報的人當然不會是穗高誠。但發信人卻是他的名字。有人謊報他的名字。是誰？

二十五日，那就是今天。星期天。所以我才會沒設鬧鐘就上床睡覺。這是不用到大學

*1　在日本，受邀者若不克前往婚葬會場時，多會以電報發送祝福或哀悼詞。

去的日子。

穗高誠死了已經整整一個星期。他的晨禮服在我眼底重現。

候於寒舍客廳。

心頭無法控制地發慌。是誰做了這種事？

該不該去，我很猶豫。我若能肯定這只是個惡作劇，應該會毫不考慮地置之不理，但我不相信這是惡作劇。有人基於某種目的，要我到穗高家去。

我拿著電報上樓，敲敲美和子的房門。

沒有回應。我又敲了一次，這次還出聲叫道：「美和子。」

房間裡依然沒有傳出任何反應。「我開門嘍。」說著，我靜靜推了門。

白色蕾絲窗簾首先映入眼簾，柔和的陽光透過蕾絲窗簾照進來。換句話說，內側的遮光窗簾是拉開的。

床鋪得很整齊。被美和子用來當睡衣的T恤，也疊好放在枕邊。

我走進房內。因為陽光的關係，房內充滿溫暖的空氣，卻感覺不到美和子的餘溫。她曾經待在這裡的氣息已經完全消失了。

床上放著一張字條。一看到字條，我心中冒出一種預感。我祈禱預感不要應驗。

字條上有她的字。我不得不承認預感應驗了。「我去參加頭七　美和子」。

工整的筆跡這樣寫著。

2

我一面開著老富豪車，一面想昨晚的事。晚餐是我做的。不僅昨天，上週幾乎都是由我做飯。雖然會做的菜不多，但我實在不想讓現在的美和子做家事。在她再次露出充滿活力的笑容之前，我不僅要做飯，掃地洗衣也打算一手包辦。假如她順利結婚，本來也應該會是這樣。

昨晚的菜色西式燉牛肉，是我少數拿手料理之一。多虧功能完善的壓力鍋，燉煮的時間相對縮短，燉出來的牛肉非常軟嫩，用叉子就可以輕鬆切開。

美和子默默地把這道燉牛肉送進嘴裡。只有一開始說了句「看起來好好吃」，再來就什麼話都沒說。對於我爲了不冷場所說的話，她只是隨便點點頭、附和幾聲，或是搖搖頭而已，完全心不在焉。

我知道她白天好像出過門。我從學校回來的時候，她雖然已經在家了，但我去她房間看她時，牆上掛著一件沒看過的白色連身洋裝。美和子正躺在床上看書，一注意到我的視線，刻意掩飾地說：「我去買東西散散心。」

「是嗎？」

「買了這件洋裝。」

「妳穿起來一定很好看。」

「眞的嗎？那就好。」美和子的視線又回到書上。顯然是不願意和我多說。

去買東西應該是眞的，但我猜大概是做什麼事情時順便買的。以她目前的心情，應該還不會主動想出門去散心。

昨天出門和今天的事，或許有什麼關聯。她一定昨天就決定要以這種方式溜出去。那封電報大概就是她發的。但是爲什麼？假如有什麼理由必須把我帶到穗高家，直說不就好了嗎？

換句話說，這代表她的理由是不能直接告訴我的。

看見高速公路的出口了，我打了方向燈，把車子向左靠。

穗高家所在的住宅區，和八天前來的時候一樣安靜。不但幾乎沒有行人，連行經的車輛也很少。我來的時候走的是車多得令人生厭的環狀八號線，到了這裡後簡直有種進入空中氣穴的感覺。

穗高誠白色的家，和前幾天一樣，散發出傲慢之氣俯瞰四周。我想起什麼人養什麼鳥的說法。也許房子的長相也會和住在裡面的人愈來愈像。

白色的家門前停了一輛大箱型車，我把富豪車停在那輛車後面。箱型車裡沒有人。

我站在門前，按了對講機的按鈕，等著美和子的聲音出現，雖然不知道她的目的，但她應該已經來了。

「喂。」應門的竟然是個男人。這聲音我聽過。

「請問……」我遲疑了，該怎麼說才好？「我是神林，請問我妹妹有沒有來？」

「哦，神林先生。」對方似乎認識我。雖然晚了一拍，但我也認出聲音的主人了。

玄關的門打開，駿河直之現身了。他穿著灰色的西裝，領帶也是深色的。我不禁思考莫非今天這裡眞的要辦頭七？

「神林先生……你怎麼會來這裡？」駿河邊走下玄關前的階梯邊問。

「我以爲我妹妹來了。」

「美和子小姐……沒有來啊。」

「沒有來？怎麼會呢？」

「美和子小姐說她要來穗高家嗎？」

「她沒有明說，可是是這個意思。」

「哦。」駿河視線略略下垂，那神情顯得更爲小心，或者應該說，更加提防。

「駿河先生，你怎麼會來這裡？」我也發問。

「因爲……有些善後工作要處理。有些必須用到的資料在穗高這裡。」

「你自己進去的嗎？我想這裡應該會上鎖吧。」

「那個啊，」駿河一度似乎在思考有沒有什麼好藉口，但很快便苦笑著聳肩，「騙你的。我不是來處理善後的，是被叫來的。」

「被叫來？」

「就是這個。」駿河伸手進西裝內口袋，拿出來的果然是我猜想的東西——電報。

我也從長褲口袋裡拿出同樣的東西給他看。

駿河一邊將頭略略往後仰一邊說：「果然。」

「內容是邀請出席頭七……嗎。」

「對，穗高發的。」他把自己的電報收進口袋。

我也把電報放回口袋，顯然沒有必要確認彼此電報的內容。

「可以進去嗎？」我問。

「可以吧。我都擅自進去了，因為玄關沒上鎖。」

「沒上鎖？」

「對。電報上不是寫了嗎？『候於客廳』。所以我就當作是可以自行進入客廳。」

我跟著他走進屋裡，室內一如預期靜悄悄的。不過可能是因為房子有挑高的關係，脫鞋時聲音特別響。因為沒開燈，寬敞的客廳有些昏暗。沙發上放著公事包，應該是駿河的，空氣中有淡淡的菸味。

「美和子小姐沒和你一起啊。」駿河問。

「沒有。我收到電報的時候，她已經不在家了。」

「這麼說，你認為她來到這裡是因為……」

「她留了字條。」

我把放在床上的字條內容說出來，駿河似乎也做出和我同樣的推測，皺起眉頭說：「這麼說……電報是她發的嗎？」

「也許吧。」我回答。

我們面對面坐下。駿河問我能不能抽菸，我回答請便。一晃眼茶几上的菸灰缸裡，已經有四根菸蒂。正當他要在這屋裡點燃第五根菸時，玄關門鈴響了。駿河將菸從嘴上拿開，冷冷笑了。

「第三個客人來了。不用問也知道是誰。」他邊說邊走近牆上的對講機，然後拿起聽筒：「喂。」

對方似乎報了姓名。聽完，駿河嘴唇上揚說：「是啊，全都到齊了。請進。」

他放下聽筒，對我說了聲「果然」，便走向玄關。

我聽到開門聲，接著是雪笹香織的聲音。

「那封電報是怎麼回事？辦頭七是誰決定的？而且發信人還寫穗高先生。」

「我也不知道。好像某人爲了某種目的，把我們三個找來這裡。」

「三個？」雪笹香織在語尾加了問號，一面走進屋裡。她看到我便停下腳步。「啊，神林先生……」

我道了聲好，低頭致意。

「神林先生也接到那封電報？」

「是的。」

「這樣啊。」雪笹香織不安地皺起眉頭。她穿著深藍色的套裝。和駿河一樣，雖然不認爲眞的要辦頭七，但還是避免穿著鮮豔的服飾。

「這代表演員都到齊嘍。」駿河也跟在她身後進來，然後這麼說。「如果再加上穗高，就完全——」話說到一半的他，張著口僵在那兒不動，視線投向我後方。

雪笹香織和駿河看著同個方向，她也睜大眼睛。看得出他們屛住了呼吸，臉上明顯浮現驚異之色。

他們兩人雙雙看著面向庭院的玻璃門。在我回過頭之前，便已經隱約猜出他們看到什麼了。我想起之前也曾經發生過同樣的情形，就在短短八天前。

我緩緩轉往那個方向，那裡的情景果然一如我的預期。

美和子站在那裡，身上穿著昨天買的那件白色洋裝，和那天的浪岡準子一樣，定睛注視著我們。

3

美和子看著我們的時候，誰都不敢出聲，也無法動彈。在旁人看來，大概就像蠟像在對峙吧。

終於，美和子緩緩動了起來，她伸手拉開玻璃門，可見她早就知道那裡沒有上鎖。玄關的鎖看來也是她打開的吧。
她穿過白色蕾絲窗簾。當窗簾布從她頭上掠過的那一瞬間，看起來就像穿上了新娘禮服一樣。
「那天，」美和子開口了，「她就是這樣出現的吧？」
這個問題不知道是對誰而發的。但從她的遣詞用句來看，並不是針對我。當然，也許我也可以回答，但這時候駿河直之回答了。
「是的，感覺一模一樣。」他的聲音變調了。也難怪。
美和子脫下涼鞋，直接走進客廳。裙子隨風吹拂，隱約露出雪白的大腿。她有一度背對我們，關好玻璃門，才又面向我們。
「我想體會那位浪岡準子小姐的心情，所以才會站在那裡。」美和子說。
「那麼妳有收穫嗎？」雪笹香織問。「了解到什麼了嗎？」
「嗯，了解了非常重要的事。」美和子回答。
「什麼事？」我問。
她俯視我，然後輪流看著駿河和雪笹香織。
「就是那天浪岡準子小姐爲什麼會站在院子裡。」
「就是爲了見妳啊。也就是說，她想看看背叛自己的穗高要和什麼樣的人結婚。是我親耳聽到的，千眞萬確。」駿河說。

「真的只是這樣嗎？」
「不然妳認爲她有什麼目的？」雪笹香織的聲音聽起來很不耐煩。
「最大的目的，是讓誠哥看見她自己的模樣……難道不是嗎？」
她的話，令我們三人頓時互看一眼。
「什麼意思？」我問。
「我是站在那裡才想到的。」美和子面向我說。「像今天這種好天氣，從外面幾乎看不見裡面，尤其是又拉上蕾絲窗簾的話。那天……婚禮的前一天，天氣也很好。」
「所以？」
「哥哥假如站在那裡，一定也會明白的。我看不清楚你們，但是你們看我卻看得一清二楚。處於那種狀態中，會感到非常不安，待在那裡會很不舒服，很想逃走。可是她卻沒有這麼做，反而一直站在那裡。你覺得是爲什麼呢？」
我搖搖頭，表示我不知道。
她又看了我以外的其他兩人。
「我認爲浪岡準子小姐是希望誠哥看看自己的模樣。她一定是希望讓誠哥看見自己生前最後的模樣。我想，那個時候她已經決心赴死了。」
美和子的話令我們暫時陷入沉默。她清澈的聲音一直在寬敞的客廳裡回響。
終於，駿河點頭開口了。

「也許眞是如此。呃，那個毒藥叫什麼來著？硝酸番木鱉鹼……是嗎？總之，她從醫院偷出那種毒藥的時候，就已經想和穗高一起死了。」

「我猜她心裡是希望能和誠哥一起死，那天才會抱著這個念頭來到這裡。」

「所以呢？妳究竟想說什麼？」我問。

「也就是說，」美和子說到這裡，做了一個深呼吸，「浪岡準子小姐來到這裡的時候，她的腦海裡完全沒有『誠哥已經死了』的想法。」

雪笹咦了一聲。「這……是什麼意思？」

「假如她是凶手，勢必要在更早之前便把毒膠囊混進去。因爲，從那一刻起，鼻炎藥瓶就由我保管，她沒有機會再接觸到。可是，」美和子看著雪笹香織，「假如是星期五以前下的毒，那麼她星期六來這裡的時候，誠哥有可能已經死了。不過，從各位的話聽起來，浪岡小姐並沒有這麼想。」

我倒抽一口氣。她說的一點也沒錯。

其他兩人似乎也說不出話來，但最後駿河開了口：

「可是……毒膠囊還是被混進去了。結果穗高死了。」

「是的，然而並不是她動手的。所以是其他人動的手腳。」美和子平靜但篤定地說。

「就是你們其中之一。」

4

氣氛突然凝重起來，整個客廳都被沉默覆蓋。這個客廳原本就寬敞，但這時候感覺更大了。遠處傳來車子的引擎聲。

最先有反應的是雪笹香織。她嘆口氣在沙發上坐下。蹺腳時，我發現她的裙子意外短，露出一雙美腿。不知爲何，就在這刻，我確定這名女子和穗高誠之間不可能什麼都沒有。

「原來如此，」她說，「所以妳才以這種形式把我們全都找來，還發了那種莫名奇妙的電報。」

「我向不是凶手的兩位道歉。對不起。但這是我唯一想得到的辦法。」

「妳沒有必要連我都發電報啊。」我說。

「我希望三個人都處在同樣的條件下。」美和子說，沒有看我。

「既然連親哥哥都沒有特殊待遇，那麼我也不得不協助了。可是有一點我無法理解，爲什麼把我們三人列爲嫌疑犯？」駿河在雪笹香織身旁坐下來。

「理由很簡單。」美和子說。「要以那種形式害死誠哥，至少要滿足兩個條件。一是知道他固定吃那種鼻炎膠囊，二是有機會把毒膠囊放進藥瓶或藥盒裡。滿足這兩個條件的人，就只有你們三位。」

駿河像西洋片裡的演員般，誇張地攤開雙手。

「我們的確是知道穗高有什麼常用藥，也可能有機會把毒膠囊混進去。但是，美和子小姐，妳忘了一件很重要的事，我們並沒有毒藥。報紙報導過，所以妳也知道吧？硝酸番木鱉鹼這種毒藥，一般人是很難取得的。製作毒膠囊的是浪岡準子小姐，這已經是千眞萬確的事實，那麼我們其中的某個人要怎麼取得她所製作的毒膠囊呢？還是妳認爲我們其中有人受準子小姐之託下毒？」

美和子輕輕吐了一口氣，面向院子，然後以緩慢的動作，把內側窗簾拉上。這麼一來，客廳便完全陷入昏暗。她繞過我們所坐的那組沙發，朝入口走去，啪嗒打開牆上的兩個開關。花瓣形狀的燈，照亮整個客廳。

「我不是名偵探，」美和子說，「所以我無法說出能夠讓各位都接受的推理、也無法逼迫凶手自白，我只能懇求那個人。」

她再次走近我們，在距離一公尺左右的地方站定，輕吸了一口氣。

「求求你，」她以壓抑的聲音說，「害死誠哥的，是哪一位？請你站出來吧。」

她又說了一次求求你，然後彎腰低頭，就這樣靜止。

我記得好像在哪裡看過這樣的電影。不是最近，是很久很久以前，雙親還健在，我和美和子還是普通兄妹的時候。也許那不是電影，而是場夢。做了那個夢之後，一直到今天，我和美和子都走在不同的路上。結果便是如此：妹妹把哥哥當作殺人嫌犯看待，而哥哥啞口無言，茫然不知所措。

她有充分的理由懷疑我。我能夠接近藥袋，而且最重要的是，我有動機。

我看看另外兩人。無論是駿河直之還是雪笹香織，都朝著不會和任何人視線交會的方向，看來都在窺伺另外兩人的反應。每個人都懷著預感，覺得有人會忽然坦白，說出「其實穗高是我殺的」。

我想著恐嚇信。那封恐嚇信是誰寫的？前天送雪笹香織到橫濱車站途中，我問她是否常用電腦或文字處理機，她回答都不用。恐嚇信是以電腦或文字處理機列印的，假如相信雪笹香織的話，那麼寫恐嚇信的人就是駿河。但最近的編輯不用電腦也不用文字處理機這種事，眞的可能嗎？

結果我的預感始終只是預感，他們兩人都沒有開口。不僅如此，連動也不動。駿河右手托腮靠在沙發扶手上，雪笹香織雙手手指在膝蓋上交扣，視線望著茶几上的菸灰缸。而我只是轉動眼珠看著他們兩人。

美和子抬起頭。我朝她看。

「我明白了。」她以沉著的聲音說。「我本來還想，假如那個人願意自首的話，我也會請警方斟酌量刑。看來那個人並沒有感受到我的心意。」

這時候雪笹香織出聲了：「駿河先生。」

大家的眼光都集中在她身上。她繼續說道：

「還有神林先生，我相信兩位。我確定美和子一定是有很大的誤會。可是，萬一——

請不要誤會我的意思，這眞的只是假設——萬一你們兩位自首，我也和美和子一樣，不，我會更積極地向警方懇求斟酌量刑。因爲我認爲你這麼做一定有你的苦衷。」

「我應該說謝謝嗎？」駿河苦笑。「同樣的話我也原封奉還。」

雪笹香織點點頭，微微歪斜的嘴唇，似乎露出令人不解的笑容。

美和子大大地吐了一口氣。這聲嘆氣，具有提高空氣密度的效果。

「那就沒有辦法了。我本來眞的很希望凶手能自首的。」

「我會的，假如我眞的是凶手的話。」駿河略帶挑釁地說。

美和子垂下眼睛，無言地走向門邊。她看了我一眼，然後露出下定決心的表情，轉動門把開了門，朝對方說：「請進。」

有人進來了，所有人的視線都朝向他。

加賀刑警看著我們，微微點頭致意。

駿河直之之章

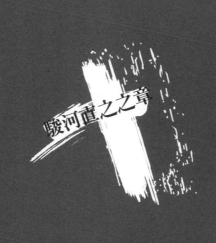

1

那位高個子刑警的出現是意料中的事，至少我個人並不感到意外。我不認爲神林美和子憑她自己的本事能布置一個如此誇張的舞台。

「主角出場了啊。」我對加賀說，刻意諷刺他早就來到這裡，卻遲遲不現身。

「我是配角。不，連配角都不是。主角是各位。」加賀環視我們說。

「我懂了。」雪笹香織開口了。「加賀先生是導演，一定是的。是先讓美和子展現她的好演技嗎？」

「請各位不要誤會，我也是來到這裡之後，才被告知會是這種局面。美和子小姐只告訴我有重大的事情要說，我就來了。老實說我不喜歡這種做法，因爲我認爲個別請到偵訊室，依序問出眞相才是最確實的。」

「可是我不願意那麼做。我想親耳聽到發生過什麼事，是誰用什麼辦法害死誠哥。我不希望警方在密室裡處理。」

神林美和子的堅持，多少刺激了我的耳朵和心。雖然讓人覺得她青澀、自我陶醉，卻也有幾分令人感動。我再次感慨：她爲何要爲了那種男人如此拚命？

「關於這個案子，我想警方應該沒有隱藏情報，但我也不是不明白美和子小姐的心情。所以呢，」加賀乾咳了一聲，「便決定配合這戲劇風格有些濃厚的做法。」

「眞的是充滿戲劇風格。」我說。「這根本就是阿嘉莎・克莉絲蒂的世界！讓嫌疑犯共聚一堂，再由偵探來推理解謎。」

「如果是克莉絲蒂的世界，故事應該更精采，嫌犯也會更多，椅子可能得沿著這個客廳的牆擺滿才夠。可是，辦案難就難在不會因爲嫌犯只有三人，凶手就比較好找。」

「可是已經找出來了不是嗎？既然加賀先生都這麼帥氣地現身了。」雪笹香織的語氣有揶揄的味道。

「這個可就難說了。因爲實際上目前還有很多疑點沒有釐清。」加賀抓抓後頸。

「我認爲，」神林美和子說，「加賀先生一定會找出凶手的。不，多半已經有人選了，所以我才會請您來這裡。」

「妳挺看得起他的嘛。但是他值得妳信賴嗎？這個人可不是警視廳的刑警，只是轄區的人。是不是？」

「您說的一點也沒錯。」加賀面向雪笹香織，燦然一笑。「不過，雪笹小姐，有些時候正因爲是轄區的人才得以自由行動。更何況既然美和子小姐這麼看得起我，我也希望能夠不負她的期待，雖然能做到多少還不知道。」

他朝我們走過來，站定，環視三人的臉，然後豎起食指。「在那之前，我要提出最後的勸告。殺害穗高誠的人，希望可以趁這個時候自白。這樣還有可能當作自首處理。」

「和美和子剛才的提議一樣，意思是交換條件，是吧？」

「可以這麼說。」

「如何?兩位。」雪笹香織輪流看著我和神林貴弘。「我覺得條件還不錯。不過,當然是對凶手而言。」

對此我不發一語,取出香菸,朝所有人問:「可以抽菸嗎?」沒有人表示可或不可,我叼了一根菸,用打火機點著。神林貴弘低著頭,絲毫看不出他在想些什麼。

「很遺憾,看樣子交易是不成立了。」雪笹香織對加賀說。

加賀並沒有露出失望的樣子,只見他微微舉起手。

「那就沒辦法了。那麼,我們開始吧!阿嘉莎・克莉絲蒂的世界。」

2

加賀將手伸進深色西裝的內口袋,取出他的手冊後翻開。

「我們從頭開始整理吧。命案的內容如各位所知,穗高誠先生在婚禮進行時中毒身亡。根據飯店服務生的目擊證詞,得知穗高先生在死前曾服用鼻炎膠囊。不久發現了浪岡準子小姐的屍體,同時也找到遺書、毒藥與塡裝毒藥的膠囊,於是『這起命案是她所設計的殉情案』,這種推測被普遍接受了。」

「我倒是認爲事情就是這樣沒錯。眞不知道你們到底哪裡不滿意。」我說完,看著神林美和子。「剛才美和子小姐的說法相當有意思,但我認爲那不過是她一廂情願的說法。

當天浪岡準子小姐懷著什麼目的來這裡，到頭來誰都不知道，搞不好她是來確認星期五以前安排好的毒膠囊結果如何。」

「還有另一點，」雪笹香織插進來說，「聽美和子說，浪岡準子小姐的鼻炎藥是星期五買的，所以加賀先生認爲沒時間放置毒膠囊，可是難道她不可能在星期五晚上來到這幢屋子嗎？」

「星期五晚上嗎？」加賀驚訝的表情顯得很刻意，「當晚穗高先生都在家。是趁他不注意的空檔動手嗎？」

「這個……我認爲不必趁他不注意，也有很多辦法。」雪笹香織含混地說。

這時候，神林貴弘也抬起頭。「我也可以發表意見嗎？」

「請說。」加賀鼓勵他發言。

「浪岡準子小姐在星期五買了鼻炎藥，這個我也聽說了。但不能因爲這樣，就認定這是毒膠囊的來源吧？也有可能是更早之前就買好鼻炎藥，並且製成毒膠囊，早在星期五之前就動了手腳。」

「如果是這樣的話，浪岡小姐爲何又在星期五買鼻炎藥呢？」

「這就不知道了。我不知道浪岡準子小姐是怎麼想的，畢竟我根本不認識她。」

「假如這個說法正確，那麼找不到星期五買的鼻炎藥就很奇怪了。然而，浪岡小姐屋裡並沒有找到這樣的東西。」

「沒有找到，並不能斷定不存在吧。」

神林貴弘雖然幾乎面無表情，但從他的語氣感覺得出他的自信。我猜他在討論量子力學的話題時也是這樣。

他的話是合理的，或許是因爲如此，加賀沉默了片刻。但不久，他低聲笑了，不過眼神仍然銳利。

「我什麼都還沒有說，各位就不斷發言，這是非常好的進展。我們就照這個情況繼續吧。這麼一來，一定能找出眞相。」

「你在取笑我們?!」明知加賀是故意挑釁，我卻還沉不住氣，忘了說話的禮貌。

「取笑？萬萬不敢。」大力搖頭之後，加賀將右手伸進長褲口袋，然後把取出來的東西放在我們眼前的茶几上。是十圓硬幣，一共十二個。

「這是要做什麼？」

「簡單的算數。請大家注意，命案一發生，警方便立即將美和子小姐包包中的鼻炎藥瓶回收。當時瓶中剩下九顆膠囊，沒有一顆是有毒的。」說完，加賀便從十二個十圓硬幣中取走了三個。「好的，婚禮即將開始時，美和子小姐從瓶中取出一顆，放進那個藥盒裡。這麼一來，在那之前，瓶子裡就是有十顆。」他將一個十圓硬幣放回茶几上。「而根據美和子小姐說，穗高先生在把瓶子交給她之前，配著罐裝咖啡吃了一顆。當時他還這麼說：『傷腦筋，藥效好像過了，我明明剛剛才吃的』。」

我也記得當時的情況。穗高頻頻擤鼻子。

「換句話說，穗高先生在短時間內便吃了兩顆藥。所以加回兩顆之後，」加賀把兩個十圓硬幣放回茶几上，「這樣就恢復到最先的十二顆了。而這個瓶子本來就是十二顆裝的。這就代表，穗高先生吃最早那一顆時，鼻炎藥是全新的。假如浪岡準子小姐是凶手，那麼就是在全新的藥瓶裡混入毒膠囊。這種事情究竟是否可行？」

「可行吧？有什麼問題？」雪笹香織問。

加賀轉而面向她，嘴角露出從容的笑容。即使明知那是故意使我們沉不住氣的伎倆，也很難讓人保持平靜。

「全新的話，瓶子就會在紙盒裡。穗高先生怎麼處理那個紙盒呢？雪笹小姐之前也告訴過我，穗高先生在把瓶子交給美和子之前，將紙盒丟進書房的垃圾桶。我們已經將那個紙盒回收，並進行化驗。」

「驗出什麼了嗎？」我問。

「紙盒上只驗出穗高先生的指紋，也沒有重新黏合冒充是全新的跡象。由此可見，全新的藥瓶不可能被放入毒膠囊。也就是說，浪岡準子小姐不是凶手。」加賀挺直背脊站著，俯視我們。「關於這一點，還有什麼疑問嗎？」

沒有人發言。我試圖從他的說法裡找出破綻，但找不到。

「那麼是誰放了毒膠囊？爲了思考這一點，我們先將可能的人列出來。首先，不用說，是穗高先生本人。」

「我認爲他不可能是自殺。」神林美和子一臉驚訝地看著加賀先生。

「我也這麼認爲。但是這種事情非謹愼不可，因此，有機會混入毒膠囊的第二個人，美和子小姐，我必須舉出妳的名字。」

「美和子不可能是凶手！」神林貴弘發言了。

「所以我才說我們要謹愼行事。」

「可是……」

「哥哥，」神林美和子向她哥哥說，「就聽加賀先生的吧。」

神林貴弘閉上嘴，低下頭。

「問題來了。除了穗高誠先生、神林美和子小姐以外，還有誰有機會下毒？只要思考毒膠囊進到穗高先生嘴裡前所行經的路徑，自然能篩選出來。」

「就只有我們三個人……你是想這麼說吧。」

「還有一個人啊，雪笹小姐。必須將貴公司的後輩西口繪里小姐也算進來。只不過從各方面來考量，可以斷定她與命案無關就是了。」說到這裡，加賀輪流看了我與神林貴弘的臉。「到這裡，有任何問題嗎？」

我想不出該說什麼，只能猛吸著菸，菸一下子就變短了。我在水晶玻璃製的菸灰缸裡把菸按熄。神林貴弘似乎也提不出像樣的意見。

「接下來，就要考慮毒膠囊了。誠如各位所知，毒膠囊原本是浪岡準子小姐所製作的。除了她以外，若說還有人也剛好在同一時期取得硝酸番木鱉鹼這種特殊藥品，又碰巧想到裝入鼻炎膠囊這個主意，未免太不切實際。那麼，凶手是怎麼樣取得毒膠囊的？」加賀走近玻璃門，再次打開神林美和子剛才拉上的窗簾。「要查明這一點，必須先解開浪岡準子小姐的自殺之謎。」

刑警背對院子站著。因爲逆光，看不出他的表情，這讓我感到莫名不安。當然，他的目的就是要造成這種效果吧。

「這話眞奇怪，她的自殺會有什麼謎團？」雪笹香織的聲音還是很從容，是因爲她有把握在最後關頭能洗清自己的嫌疑嗎？

「有幾個疑點，我已經告訴過駿河先生了。」加賀看著我。

「是嗎？」我裝蒜。

「首先是草皮。」他說。「浪岡小姐的頭髮附著了草。經過調查確定是這個院子裡的草，不但種類相同，除草劑也一致。科學眞了不起，即使小小一株草，也可以查出這麼多訊息。好的，這麼一來，我們當然會產生疑問：爲什麼她的頭髮上會有那種東西？」

「她那天來過這裡，一定是那時候沾到的吧。這有什麼好奇怪的。」雪笹香織口氣不是很好。

「是沾在頭髮上哦。」加賀說。「向氣象廳詢問的結果，當天幾乎沒有風，這種日子頭上會沾到草嗎？如果只是站在院子裡的話。」

「這種事誰知道呢？也可能是剛好因爲什麼機緣巧合，讓枯草飛起來啊。」

「雖然可能性很低，但確實不是完全不可能。那麼，傳單又如何呢？就是寫在傳單上的遺書，有很多非常不自然的地方。」加賀的視線往我這邊看。

「關於這一點，我應該已經表達過看法了。想自殺的人，心裡在想什麼只有本人才懂。」我說。

聽我這麼說，加賀點點頭。

「您說的一點也沒錯。所以關於遺書寫在傳單背面，以及那張傳單的邊緣被裁掉了一小部分，在此我並不想加以討論。」

「那麼你要討論什麼？」

「更基本的問題。之前我便說過，那張傳單是美容美髮沙龍的廣告。但是那天那張廣告傳單並不是廣發給全日本每一戶人家，而是夾在報紙中發送出去的，發送地區只有包含這個區在內的一小部分而已。」

我明白加賀想說什麼了，我的腋下開始冒汗。

「各位明白我的意思嗎？浪岡準子小姐的公寓應該沒有收到這張傳單，然而傳單爲何會在她的房間裡呢？」

我拚命想保持鎮靜，心中慌張不已。

我們有太多粗心大意的地方了。當初是認爲只要有親筆遺書，應該就會立刻被當作自殺來處理，所以才會把那張紙放在屍體旁邊。明知道遺書寫在傳單背面很不自然，但只要筆跡一致，應該就不會有問題，根本沒有考慮到傳單發送的地區範圍。

「還有浪岡準子小姐的涼鞋，白色的涼鞋。」加賀說，語氣冷靜得令人痛恨。

「涼鞋有什麼不對？」雪笹香織問。

「脫在房間裡的涼鞋，鞋底沾有土壤。」

「土壤？」

「是的，土壤。看到的時候我就覺得奇怪。她的公寓四周都鋪了柏油，就算曾經走在有土壤的地方，回到公寓的那段路上，不是應該也都掉光了嗎？於是我們決定分析土壤成分。」加賀隔著窗簾指指院子。「答案一下子就出來了，正如我們所猜想，是這個院子的土壤，成分完全一致。這究竟代表什麼？爲什麼她的涼鞋會沾有這個院子的土壤呢？」

加賀清亮的聲音，好像拳擊手一拳打在我的腹部上，他的一字一句都打擊著我。涼鞋？聽他這麼一說，確實如此。

我想起搬運浪岡準子屍體那時候，我們準備好紙箱，把她的屍體放進去。這時候脫掉她的涼鞋的，是穗高。穗高是這麼說的：

「搬的時候盡可能不要碰屍體。要是做了什麼，被警方發現移動過就白忙一場了。」多諷刺啊！由於涼鞋也是原封不動地搬過去，結果連現場的土壤也一起帶過去了。

「由上述這些情形，我們可以推測，浪岡準子小姐死亡的地點很可能不是她的住處，而是這棟房子的院子。她在這個院子裡寫下遺書，服了毒，因此頭髮上沾了草。但是，這番推理唯一有個瑕疵。遺書既然是在這裡寫的，那麼筆呢？傳單應該是放在信箱裡的吧，那麼原子筆從哪裡來？答案令人意外。」加賀裝模作樣般停頓了一下才說：「來自傳閱板。當天各位前往義大利餐廳時，鄰居將傳閱板插進信箱。這塊傳閱板上附了一枝原子筆，以供傳閱過的人簽名。浪岡準子小姐用的是不是這枝筆？我們找了這一區的負責人，借來傳閱板，經過鑑識調查的結果，發現好幾枚浪岡準子小姐的指紋。」

明知狀況演變得極爲不利，我腦中還是有一部分很佩服這個刑警的慧眼。準子的遺書是用什麼寫的，我根本連想都沒想過，也沒有注意到有傳閱板這件事。

「我想，我們已經可以確定，浪岡準子小姐是在這個院子裡自殺的。有人將她的屍體搬運到她的住處，所以沾在涼鞋上的土壤才會依舊留在鞋底。這麼一想，就說得通了。那麼是誰搬運的呢？這時候我們自然會留意起某位人物的行動，在餐廳用餐時，突然離席的那一位。」

加賀的話，令神林貴弘朝我看，就連雪笹香織也一臉恍然大悟的神情。

我想說話，雖然不知道該說什麼，我還是準備開口。這時放在胸口的手機響了。

「抱歉。」說著，我伸手到西裝口袋裡。手機在情況不妙的時候響起，應該會令人感到如釋重負，現在我偏偏沒有這種感覺。鈴聲聽起來很不吉利，我拿出手機，按下通話鍵，將手機拿到耳邊說「喂」，但電話已經掛掉了。

這時候，加賀從長褲的右口袋抽出他的手。我甚至沒注意到他何時將右手伸進口袋的。他從口袋裡拿出了手機，原來剛才的電話是他打來的。

「其實，我們在浪岡準子小姐的房間裡找到一個奇怪的東西。各位認爲是什麼呢？就是手機，放在上衣的口袋裡。前陣子浪岡小姐工作的菊池動物醫院給她一隻手機，以便緊急聯絡。房間裡找到的便是這隻手機。」

我心頭一驚。這麼說，準子有兩隻手機？

「這有什麼好奇怪的？不就是找到該有的東西嗎？」雪笹香織說。

「抱歉，我的說明不夠充分。手機本身沒有問題。奇怪的是和手機一起找到的手機充電器，它藏在掛滿衣服的活動式衣櫥裡面。」

我心中一陣不安。有兩隻手機就代表有兩個充電器。

「然而，」加賀說，「這個充電器，卻不是我們找到的那隻手機的。換句話說，浪岡小姐還擁有另一隻手機，於是我們便去找那隻手機。但是，浪岡小姐的帳戶和信用卡明細裡都沒有繳交手機費用的情形，這就表示手機是以別人的名義申辦的。年輕女性持有他人名義所申辦的手機，不難推測出給她手機的人是誰。」

「穗高嗎……」神林貴弘喃喃地說。

「這樣推測應該是合理的，我們立刻朝這個方向調查，很快就找到答案了。穗高先生除了自己使用的手機之外，還有另一隻手機，而我們怎麼找都找不到那隻手機。」

我覺得整個人好像回轉了一大圈。

原來是這麼一回事！我拿走的充電器，是醫院配給準子的手機充電器。

「所以……你們就去查穗高另一隻手機的通聯紀錄？」

「是的，正是如此。」加賀點點頭。「即使沒有手機，還是能調查通聯紀錄，就連通訊時間也可以精確地查出來。浪岡準子小姐最後一個通話對象就是您，正好是您在餐廳裡接電話的時刻。」

3

種種思緒在我腦海中飛快旋轉，我做出了結論：這時候再怎麼抵抗也沒有用。移動屍體確實違法，但考慮狀況，應該不至於被判重罪。雖然被攻破一道防線，但加賀還在距離眞相很遙遠的地方，我決定棄守外護城河。

「我……」我抬頭看著加賀輪廓立體的臉，說道：「我是被命令的。」

「穗高先生叫您這麼做的？」

「沒錯。」

「我也這麼猜想。」加賀點點頭。「電話果然是浪岡準子小姐打來的。」

「她話中暗示著要自殺，所以我就離開餐廳去找她。」

「結果她已經死在院子裡了？」

「是的。我立刻打電話通知穗高，他快速趕到。一看到她的屍體，他馬上就說：這個要想辦法處理，快運回她房間。至於她爲什麼要自殺，他顯然一點都不關心。」我回頭看站在門邊的神林美和子，她臉色發青。「他就是這種人。」

接著，我說明了搬運浪岡準子屍體的過程，也說了安置好屍體後便立刻離開公寓。

「我做的就這麼多。害屍體延遲發現，我很抱歉，但這件事和穗高死亡無關吧？」我結束我的話，叼起一根菸。

「有關無關，稍後就會知道了。」加賀說。「剛才這段話最重要的是，您曾經進入浪岡準子小姐的房間。換句話說，您曾經接近毒膠囊。」

我滑動打火機的打火輪想點菸，但第一次沒點成，第二次、第三次也失敗，第四次才終於點著。

我看看在我身旁的雪笹香織，她的表情十分僵硬。

仔細想想，我根本沒有必要包庇這個女人。

我緩緩吸了一口菸，望著白色的煙升起後，再次抬頭看加賀。

「加賀先生，不止是我。除了我和穗高，還有另一個人也進了那個房間。」

今天加賀臉上終於第一次出現困惑的神情，雖然只有些微。

「請問是什麼意思？」

「就是字面上的意思。我們搬運屍體的過程，有一個人從頭到尾都看到了。這個人跟蹤我們，最後也進了浪岡準子小姐的房間，這個人是不是也有必要列爲嫌疑犯？」

「請問是誰？」

我哼笑一聲，好歹也要故作一下姿態才回他：「非說不可嗎？」

加賀銳利的眼光緩緩從我身上移開到雪笹香織的臉時，停了下來。她望著半空。

「是您嗎？」加賀問。

雪笹香織做了大大的深呼吸，瞥我一眼後轉回正前方，頭微微點了點說：「是。」

「原來如此。」加賀點點頭，在窗前來回走動，他的影子在茶几上搖晃。

終於，他停下腳步。「您對駿河先生的話有什麼要補充的嗎？」

「沒什麼要補充的。」她說。「在餐廳裡接到駿河先生打來的電話時，穗高先生的樣子明顯有異，我好奇發生了什麼事，便來這裡看看，結果駿河先生也在，他們兩人正要把一個大紙箱搬出去。」

「所以妳就跟蹤到公寓？」

「跟蹤不是正確的說法。我聽到他們兩人談話，知道他們打算把紙箱搬去哪，所以過了一會兒才搭計程車過去看看，結果他們已經搬完了。我進房間後發現浪岡準子小姐的屍體，緊接著，駿河先生單獨回來了。」

「您沒想過要報警嗎？」加賀問。

「老實說，」雪笹香織稍微聳了聳肩，「我覺得報不報警都無所謂。浪岡小姐已經死了，回天乏術，所以現場在哪裡都沒有差別，一方面我也認爲在房間裡自殺，我就不用受到無謂的牽連。」她回頭朝向神林美和子，「我不想毀了妳的婚禮，眞的。」

神林美和子的嘴唇微微動了動，但聽不見聲音。

加賀問：「您注意到桌上有裝了膠囊的瓶子嗎？」

雪笹香織露出有些猶豫的樣子，然後開口說：「是的，我注意到了。」

「還記得裡面的膠囊數量嗎？」

「記得。」

「一共有幾顆？」

「八顆。」說完，她看著我，露出一絲微笑。

「駿河先生，雪笹小姐這些話有沒有錯誤？」加賀的眼睛又朝向我。

「我記不清楚了。」我回答。

結果，雪笹香織開口了。

「駿河先生看到的時候，膠囊應該是七顆。」

加賀哦了一聲，驚訝地睜大眼睛。「怎麼說？」

「因爲我拿走了一顆。」她泰然自若地說。

我看著她的側臉，她挺著胸，背脊伸得筆直，一副什麼都不怕的態度。

「您拿走一顆毒膠囊？」加賀豎起食指確認。

「是的。」

「後來怎麼處理？」

「沒有處理。」

雪笹香織打開自己的黑色包包，從裡面拿出一張摺得很小的面紙。她攤開面紙，放在茶几上，裡面包著一顆熟悉的膠囊。

「這就是當時的那顆膠囊。」她說。

雪笹香織之章

1

我的態度讓駿河直之也慌了。也難怪，因爲我自己也是猶豫再三之後，才做出判斷，認爲最好還是坦承自己偷了膠囊。

每個人都望著茶几上的膠囊，一時沒人說話。就連加賀也沒料到出現這個膠囊。

「這眞的是浪岡準子小姐房裡的東西嗎？」加賀總算發問了。

「絕對沒錯。」我說。「假如你懷疑，請鑑識調查一下如何？或者，加賀先生要當場吃下也無妨。」

「我還不想死啊。」加賀笑一下，重新把膠囊用面紙包好。「這可以交給我保管嗎？」

「請便。反正我又不用。」

「不用，是嗎。」加賀從西裝口袋取出一個小小的塑膠袋，將摺好的面紙放進去。

「那麼，爲什麼？」

「什麼爲什麼？」

「爲什麼要偷藥？您應該一眼就明白膠囊的內容物被換掉了。」

我仰望天花板，吐了一口氣。「不爲什麼。」

「不爲什麼？」

「對。不爲什麼，就是想偷。就像你所說的，我一眼就知道膠囊的內容物被換掉了，因爲旁邊有一個裝了白色粉末的瓶子。我不能否認我確實注意到那可能是毒藥。」

「您明明知道，還是大膽偷了？」

「正是如此。」

「這我就不懂了。沒有目的，會去偷您認爲是毒藥的膠囊嗎？」

「別人我不敢說，但我就是這樣一個人。假如誤導了警方辦案，那麼我道歉，對不起。但是我已經還給你了，所以沒關係吧？」

「沒有人能保證妳全數歸還吧。」駿河插嘴說。

「這是什麼意思？」

「意思是，妳不見得只偷了一顆。妳說本來有八顆，但這是無法證明的。也許本來是有九顆，或者十顆。怎麼保證妳沒有偷兩顆以上？」

我回視駿河直之瘦長的臉。看樣子，他是預期到自己會有嫌疑，先下手爲強。

「我說了眞話，也盡我所能提出證明。因爲只偷了一顆膠囊，所以就交出偷來的膠囊。駿河先生，那你呢？你不也有東西應該交出來嗎？」

「妳在說什麼？」

「我都記得。我們兩個人離開浪岡準子小姐的房間之前，你擦掉了瓶子上的指紋對吧。當時我看了瓶子裡的東西，膠囊只剩下六顆，消失的那一顆到哪裡去了？」

駿河應該沒有閒情逸致慢慢吐他的煙才對。彷彿證明我的想法一般，他把還不算短的菸在菸灰缸裡按熄，面孔不悅地扭曲，看得出困頓與狼狽之色。

「怎麼樣呢？駿河先生。」加賀問。「雪笹小姐的話是真的嗎？」

從駿河膝蓋細微的振動，可見他有所猶豫。他心裡一定是在考量是否要承認，還是嘴硬到底？

感覺得出他肩上的力氣一下沒了，我直覺認為他打算說了，明白搪塞不過去了。

「她說的沒錯，」駿河以有些冷漠的口吻說，「我拿了一顆膠囊。」

「現在在哪裡呢？」

「丟掉了。我一知道穗高的死因是中毒，怕嫌疑落到自己身上，所以處理掉了。」

「您丟在哪裡？」

「和廚餘一起裝進垃圾袋丟掉了。」

聽到他這麼說，我放聲笑了。駿河一臉驚訝。看到他那張臉，我對他說：「意思是，有本事找得到那個垃圾袋再說，是不是。」

駿河的嘴角歪了，回道：「我只是說實話而已。」

「可是你無法證明。」

「是啊，和妳無法證明妳沒偷兩顆膠囊一樣。」

「你，」我頓了一下，接著說，「有動機。」

駿河的眼睛吊了起來，看得出他臉都僵了。

「妳要說什麼？」

「你在浪岡準子小姐的屍體面前哭了，看起來非常傷心、懊悔。喜歡的人不但被逼得自殺，而且自己還被迫處理她的屍體，我想你一定很恨穗高先生吧。」

「我又不是單細胞，並不會因爲這樣就馬上想要殺人。」

「我沒說你是單細胞。我是說，你會有殺意是當然的。」

「我……」駿河瞪著我，「我沒有殺穗高。」

「那麼您爲什麼要偷膠囊？」加賀以尖銳的語氣發問。

駿河把臉別過去，從他下巴的動作，看得出他咬緊牙關。

一直保持沉默的美和子發言了。「我可以問一個問題嗎？」

所有人的視線都朝向她。

「什麼問題？」加賀說。

美和子的眼睛轉向我，眼神是眞摯的。我有些心慌。

「我想請問雪笹小姐。」她說。

「什麼事？」

「婚禮之前，我把藥盒交給了雪笹小姐，就是裝有那個鼻炎膠囊的。」

「對。不過實際上拿著藥盒的不是我，是西口小姐。」我回答，心裡感到不安。美和子想說什麼？

「後來我聽說，藥盒又交給駿河先生……是眞的嗎？」
「眞的。所以他有的是機會把毒膠囊放進去。這又怎麼了？」
「剛才聽妳說，我就一直覺得很奇怪。」
「哪裡奇怪？」
「因爲，」美和子的手按著臉頰，以思索的神情繼續說，「雪笹小姐知道駿河先生偷了毒膠囊，也知道駿河先生有殺害誠哥的動機，爲什麼還要將藥盒交給駿河先生呢？妳不覺得這麼做很危險嗎？」
我只說了「那是因爲」四個字，就無話可說。

2

當我在浪岡準子房裡看到明顯加工過的膠囊，那一瞬間，我心中便萌生了殺意。我心想，要是順利讓穗高誠吃下，就可以達成完全犯罪。可想而知，警方一定會把事情解釋成是浪岡準子所設計的強迫殉情。
假如那時駿河直之沒有折返，我一定會煩惱該如何把膠囊混進穗高的鼻炎藥裡，要在哪裡動手？何時動手？如何避人耳目？挑什麼時機動手？我恐怕絞盡腦汁，苦惱不堪。
然而，駿河的行爲讓我的計畫有了一百八十度的轉變。當我知道他偷了膠囊時，腦海立刻浮現了另一個截然不同的主意。

我改變心意，認爲不必埋頭苦思了，只要全都讓這個男人執行就好。

除了殺害穗高，我不相信駿河偷膠囊還有別的目的。但是就因爲這樣，我只要靜靜地等待就好了嗎？駿河雖然很有行動力，但到了緊要關頭，也許他會下不了決心。此外，也許他找不到機會將膠囊混進去，因爲最關鍵的鼻炎藥瓶在神林美和子手中。我不認爲婚禮當天，駿河有機會靠近新娘的私人物品。

想著想著，我應該做的事情便愈來愈明確，只要給他混入膠囊的機會就行了。當天我是可以一直待在神林美和子身邊的少數幾個人之一，我想這麼做絕對不難。凶手是駿河直之，這是個不動如山的事實。就算警方查明了事實，會被逮捕的也只有他。想必沒有任何辦案人員能夠看出在他行凶背後，竟有第三者的意念介入。不，他們作夢都想不到，直接下手的駿河本身竟然受到別人的操縱。

而那時候……

當美和子拿出藥盒，要我交給穗高誠的時候，我心想，上天是支持我的，這種機會眞是千載難逢。

我要同行的西口繪里拿藥盒，是爲了事後向警方強調我沒有機會將毒藥混入膠囊。我就是爲了這一點，才帶她到婚禮會場去的。

我到處找駿河。要是由我直接把藥盒交給穗高，那就沒有意義了。

正好當美和子從休息室出來的時候，我在爭著看新娘的人群中找到了他。我若無其事地靠近他、若無其事地跟他說話。他並沒有在看新娘，他的視線盡頭，是神林貴弘。

說了幾句話之後，我便命西口繪里將藥盒交給駿河。

「請回答我。」神林美和子對沉默的我又說了一次。「妳明知駿河先生偷了膠囊，爲什麼不說？還將藥盒交給他？」

「我以爲想像和行動是不同的。」我回答。「我沒想到他竟然眞的把毒膠囊混進去。只是這樣而已。」

「可是，妳沒想到有萬一嗎？妳都已經……都已經看到駿河先生在哭了。」

「是我太粗心了。我很後悔，我不知道該怎麼向妳道歉才好。」我向美和子道歉。

「原來如此，是這麼一回事啊。」駿河邊點頭邊說。「當時我就覺得奇怪，既然非把藥盒交給穗高不可，直接到新郎休息室去不就得了。故意交給我，原來是想陷害我，要我把毒膠囊放進去。」

「請不要隨便亂猜。當然我明白你的心情，你就是想用這種好像被人設計的說法，爲自己脫罪。」

「我已經說過好幾次了，不是我。」駿河敲了茶几一拳，抬頭看加賀。「我從她那裡接過藥盒之後，馬上就交給旁邊的飯店服務生，要他送去給新郎。」然後他對我說：「妳也應該看到了。」

我對此不發表意見。駿河說的是眞的，藥盒立刻就交給飯店服務生，他應該沒有時間把毒膠囊放進去，但我可沒有那個道義爲他辯護。

「總之，我沒有別的話好說了。」我對加賀刑警說：「要我去警察局，但是我能說的也就只有剛才那些。」

「當然，我想是得請您來署裡一趟的。」加賀露出別有意味的笑容。

「我也一樣，只有同樣的話。」

「您呢，」加賀眼珠一轉，將視線朝向駿河，「必須請您做好心理準備，待遇會有些不同。因爲您不但偷了膠囊，而且又拿不出來，而我們所要尋找的凶手，正是在一週前以同樣膠囊毒死人的人。假如您想洗清自己的嫌疑，就必須交代膠囊的去向。」

「我都說了，我丟掉了。」

「駿河先生，您不是頭腦不清楚的人。想必您也知道這種說法我們不會接受。」

「話是這麼說，可是眞的丟掉了，我也沒辦法啊。」

「剛才的問題，您還沒有回答呢。」

「剛才的問題？」

「爲什麼要偷膠囊的問題。還是您也和雪笹小姐一樣，就是想偷，而且堅持自己就是那樣的人？」加賀看著我，諷刺地說。

也許是詞窮了，駿河沉默地咬嘴唇。

然而，就在這時候，一個完全沒有參與討論的人微微舉起了手。「我可以說話嗎？」

「請說。」加賀看著發言者——神林貴弘。神林端正的臉面向駿河，直接開口了：

「那……就是你吧。」

「你在說什麼？」駿河發出呻吟般的聲音。

「就是那封奇怪的恐嚇信。把信塞進我房間的，原來就是你。」

「我完全不懂你在說什麼。你是不是誤會了？」駿河臉上露出顯然是硬擠出的笑容，別過了臉。他僵硬的表情，顯示神林的話並沒有說錯。

「什麼恐嚇信？」我問。

神林垂下眼睛，露出猶豫的表情。

「哥哥。」神林美和子細聲說。

「神林先生，」加賀說，「請把事情說出來。」

神林貴弘似乎終於下定決心，他抬起頭來。

「婚禮那天早上，我住的房間塞進了一封信。打開一看，裡面是恐嚇信，內容實在是……卑鄙下流。」

「信現在在您手上嗎？」加賀問。

神林搖頭。「已經燒掉了，因爲內容實在太令人不快了。」

「可以請您告訴我嗎？」

「詳細內容恕我不便提起。大意是說，他知道我和舍妹的祕密，如果不希望祕密公諸於世，就要照他的要求去做……」神林痛苦地說。我轉頭朝美和子看了一眼，她雙手掩著嘴，佇在那裡。

「祕密」指的是什麼，我一聽就明白了，是指他們倆超越兄妹之情的關係吧。發現這件事的人只有幾個。我看了看駿河，他臉上完全沒有表情。

「具體而言，是叫您做些什麼？」加賀問。

「信封裡，」神林回答，「附了一個塑膠袋，裡面有一顆白色膠囊。信上指示我把它混進穗高誠常用的鼻炎藥裡。」

後面發出喀噹一聲。美和子膝蓋著地，雙手掩著臉。

別說是美和子了，我也是打從心裡感到吃驚，作夢也沒想到檯面下竟然還藏著這一招。我想藉駿河的手殺人，給了他機會，但駿河卻用不同的方法去操縱另一個人。

「駿河先生，」加賀對駿河說，「恐嚇信是您寫的嗎？」

「……我不知道。」

「只有你了。」神林說。「當天，我和美和子各住一個房間，兩個房間都用我的名字訂，外部的人應該無法知道我住哪一間。知道的人只有你、穗高先生和雪笹小姐。」

「很簡單的消去法。」我說。

即使如此，駿河依然保持沉默。他的額頭旁流下一道汗水。

這時候，神林貴弘突然低聲笑了，他的聲音令人發毛。我嚇了一跳，轉頭看他，以爲他發瘋了。

但是，他沒有發瘋。他立刻恢復嚴肅的神色。

「駿河先生，你似乎不想說眞話，你大概是以爲說了以後，自己就會成爲共犯。但是等你看了這個，你一定會想說眞話的。而且，你還會感謝我。」

神林的話令駿河一臉訝異，我也注視著神林，完全猜不出他究竟想做什麼。

神林從長褲口袋裡拿出錢包，再從裡面取出一個塑膠袋，一看到那個塑膠袋，我不由得啊地驚叫出聲。

「這就是當時信封裡的東西。」

塑膠袋裡有一顆白色膠囊。

神林貫弘之章

駿河的眼睛寫著「難以置信」，這也理所當然。多半在這一刻之前，他都深信我遵照他的命令，把膠囊混進去了。

「借看一下。」加賀朝我伸出手，我把塑膠袋放在那隻大手上。

加賀隔著塑膠袋，仔細打量白色膠囊。我心裡想著，再怎麼看，也不能確定裡面是不是毒藥。但刑警此刻的心境，大概很想這麼做吧。

「要不就和剛才的雪笹小姐一樣，警方不妨也把這膠囊帶回去，調查到滿意爲止如何呢？當然，假如那封恐嚇信純粹是惡作劇，這膠囊只是鼻炎藥的話，那就是另一回事了。」我一面說一面看著駿河。「不過，這是眞的吧？駿河先生。」

駿河顯然正在猶豫，一定是在思考該怎麼回答最有利。首先，他會懷疑我說沒有用掉膠囊一事到底是眞是假，並且假設如果我是騙人的，會遭遇什麼樣的窘境。同時也要考慮堅持自己沒有送出恐嚇信的風險。

「怎麼樣呢？駿河先生。」加賀不耐煩地催他回答。「神林先生收到的恐嚇信，與您無關嗎？」

駿河仍皺著眉頭，慢慢將手抱在胸前。於是我知道他已經下定決心了。當人們雙手抱胸時，往往已經做出結論。

「那顆膠囊，」駿河對我說，「眞的是在那個信封裡的嗎？」

「眞的。」我回答。

「原來你……沒有用掉。」

「沒有，我沒有用。」

「原來如此。」駿河嘆了大大一口氣。旁人也看得出他整個人都放鬆了。「原來你沒有用啊……」

「恐嚇信是你發的嗎？」加賀再次問道。

駿河微微點頭。「是我發的。」

「那麼這顆膠囊呢？」

「就像剛才說的，是從她……浪岡準子小姐的房間偷出來的。」

「你偷來就是想給穗高先生吃的，這樣想沒錯吧？」

「事到如今，我也不能否認了吧。」駿河冷冷地笑了，感覺得出他從容了些。

「當時您已經打算恐嚇神林先生了嗎？」

「不，那時候我還沒有具體想到讓穗高服下的方法。回到家，看著膠囊思前想後，才想到要利用他的。」駿河朝我揚了揚下巴。

「您還記得恐嚇信的內容嗎？」

「當然記得，那是我寫的啊。」

「請告訴我具體的內容。」

「可以是可以……」駿河做出顧慮我的樣子。

加賀朝餐桌那邊走。「請到這裡來。」

駿河站起來，跟在加賀身後。兩個男人在餐桌後背對著我們，開始低聲交談，一定是駿河在敘述恐嚇信的詳細內容。

不久，駿河回來了。他看了我一眼，很快移開視線，坐回原來的位子。「神林先生，」加賀叫我，「可以請您過來一下嗎？」

我知道他的目的。我輕輕嘆了一口氣，往駿河剛才所站的位置移動。

「我必須確認恐嚇信是否真的是駿河先生所發。」加賀以有些過意不去、但不容妥協的語氣說。

我說我明白，然後點點頭。

「請您盡可能回想恐嚇信的信封、裡面紙張、文字特徵，凡是想到的都告訴我。」

「信封是一般白色信封，封面用尺寫著神林貴弘先生收，裡面裝的是B5的白紙，以文字處理機或電腦列印的。」

「內容呢？」加賀一面在手冊上做筆記一面問。

凡是記得的，我都正確作答了。「我知道你與神林美和子之間有超越兄妹的關係。如果不希望這件事公諸於世，就遵照以下指示行事——」明明只看過一次，卻牢牢地刻在我腦海裡。

加賀的表情完全沒變，簡直早就知道我和美和子的關係，但這當然不可能。

「我明白了。謝謝您。」他直視著我的眼睛說。沒有轉移視線代表誠意，他的神情像是這樣說。

「恐嚇信是駿河先生發的沒錯吧？」我問。

「沒錯。」刑警這麼說，微微點頭。接著，他又說：「請再告訴我一件事。」

「請說。」我答應了。

「您爲什麼……」說完，加賀皺起眉頭，思索用詞般垂下眼睛。

我馬上就明白他想問什麼。

「爲什麼沒有依照恐嚇信的指示去做，是嗎？」

「是的。當然，你這樣做才是正常的判斷。」

「美和子。」我喚了仍蹲在地上的妹妹。「這可能會讓妳很不好受，但是我希望妳能想起婚禮當天的事。那天我有機會把毒膠囊放進去嗎？」

美和子的手貼在臉頰上，認眞思索。在她回答之前，雪笹香織插嘴說道：

「你和美和子不是有段時間單獨待在新娘休息室嗎？」

「妳還眞清楚。」

「這是因爲……就是有印象。」

「的確，假如是我下的手，應該就是那時候。除了那時候就沒有機會了。那麼……」

說完，我再次朝美和子看，「我靠近藥盒了嗎？」

美和子搖搖頭。「沒有，哥哥沒辦法碰到藥盒。」

「是啊。」

「怎麼說？」加賀問。

「藥盒在包包裡，而包包和衣服一起放在房間最裡面的地方。」美和子解釋。「那裡離入口最遠，要過去必須脫鞋。那時候哥哥只有站在入口旁邊而已。」

「就是這麼一回事。」我說，露出苦笑。「老實說，我是考慮過依照指示把膠囊放進去。那封恐嚇信完全看透我的心理，刺激了我心底對穗高誠的憎恨。在正常情況下，無論再怎麼痛恨一個人，也不敢殺人吧。但受到恐嚇威脅，便會輕易突破這道牆，儘管知道自己做的事有違常理，但『被恐嚇而不得已』的想法會成爲免罪符，壓過了良心。」

「然而，」我繼續說：「最後我沒有那個機會。這樣大家明白了嗎？我不是沒有遵照恐嚇信的指示，而是我不能。」

十

駿河直之之章

神林貴弘的一番話把我從地獄拯救出來。

我萬萬沒想到他會做出這番自白，而且還交出那顆膠囊，對我而言簡直就是地獄裡的菩薩。託他的福，我的嫌疑應該可以說是大大減輕了。

低聲談話的神林貴弘和加賀刑警回到我們所在之處。神林坐回剛才的位子，加賀則站回先前站的同個地方，就像一切繞了一圈之後又回到原點。不同的是，情況更加混淆了。

「那麼，你要怎麼做呢？加賀先生。」我往沙發上靠，蹺起了腳。「我的確送出恐嚇信，裡面裝了毒膠囊。可是膠囊還在，換句話說，我偷膠囊的行爲和穗高的死並沒有關係。另一方面，雪笹小姐所偷的膠囊也原封不動。這麼一來，殺害穗高的凶手，不就不在這當中了嗎？」

「一知道自己的行爲和命案沒有直接關聯，就突然囂張起來了啊。」雪笹香織以揶揄的口吻說。「不過，你的作爲算是殺人未遂不是嗎？或者教唆殺人之類的。」

「話也不是不能這麼說，」我說，「但實際上又能如何？要以這樣的罪名來起訴我嗎？恐嚇信的內容有多接近事實，事到如今誰也不知道。如果我堅持說我是開玩笑的，只怕很難反駁。當然，我承認這是惡質的惡作劇。」

「你早就盤算好了，假如我照指示殺害了穗高先生，被警方逮捕而供出恐嚇信的事，就算查出信是你寫的，你也會堅持這種說法是吧。」神林貴弘對我說。

我以指尖搔搔眼頭。

「假如事情發展成那樣，我當然會那麼做。」

「眞卑鄙。」雪笹香織簡短地說。

「我知道，但妳有資格這麼說嗎？明明看見我偷膠囊，卻故意把藥盒交給我。」

「我說過了，我不是故意的。」

「天曉得。假如妳不知道我偷了膠囊，妳就打算自己動手吧？」

「不要胡說八道！」

「你們夠了！」一道尖銳聲傳來。說話的人是神林美和子，她站起來瞪著我們。

「你們把人命當成什麼？你們覺得他死不足惜嗎？這麼隨便就起了殺他的念頭，我眞是不敢相信！」神林美和子站著再次伸手捂住臉，嗚咽之聲從她的指縫中流出。這寬敞的室內被沉默壓境，唯有她的啜泣聲在沉默的底層堆積。

「我並不想傷害妳，但他就是這樣一個人。」我說。

「騙人！」

「可惜我並不是騙妳的，否則怎麼會有這麼多人想殺他？」

「我也認爲，」雪笹香織接著說，「他沒有資格活著。」

神林美和子呆立著，她心裡一定有很多話想反駁。憤怒、悲傷、悔恨等種種情緒，也許正大舉向她襲來。她看起來就像同時有太多情緒而無法控制，因此只能茫然站立。

我再次感到不可思議。爲何這麼單純的一個女孩，會愛上一個那麼骯髒的男人？她究竟從他身上感受到什麼魅力？

或者正因爲她太單純，所以對骯髒有所憧憬？

這時候，加賀低沉的聲音響起：「各位的情報似乎全都說出來了。」

我們轉而注視加賀，刑警承接了所有人的視線，然後略微將胸口挺起。

「那麼，我們開始來談最重要的部分。」

加賀俯視著我們。不知是否我敏感，從他臉上感覺得到從容，那並不像虛張聲勢。

「最重要的部分，指的是什麼？」

「當然是你們之中誰放了毒膠囊。」加賀提高聲調說。

雪笹香織之章

「你剛才怎麼聽的？把大家的話綜合起來，凶手分明不在我們中啊。」駿河焦躁說。

「會嗎？在我看來，事到如今我們才看到眞相的一半而已。」

「一半？你是拿什麼根據說這種……」

加賀不理駿河，開始收起剛才在茶几上的十二個十圓硬幣，放在手裡鏘鎯鏘鎯作響之後，環視我們。

「剛才我們已經驗證過穗高先生的鼻炎膠囊數量如何減少。現在，我想針對浪岡準子小姐製作的毒膠囊做同樣驗證。浪岡小姐一樣也是購買了全新的鼻炎藥，所以原本應該有十二顆膠囊。」

加賀和剛才一樣，在茶几上排好十二個十圓硬幣。我們像緊盯著魔術師的手一樣，上半身向前探。

「但是，並不是所有的膠囊都裝了毒藥。不知道是否塡裝失敗，硝酸番木鱉鹼瓶旁邊，就有一顆呈分解狀態的膠囊。」說完，加賀取走最右邊的十圓硬幣。

沒錯，我想起來了。他說的沒錯，那裡確實掉落了一顆被打開的膠囊。

「換句話說，毒膠囊可能有十一顆。雪笹小姐，」加賀突然指名問我，「您說您進入浪岡小姐的房間時，瓶子裡有八顆是吧。」

我點頭說是。

加賀把茶几上的十圓硬幣分成八個與三個。

「解剖的結果，浪岡準子小姐服毒的量極可能是一顆。」說完，他從三個硬幣中拿走一個。「好了，剩下兩顆到哪裡去了呢？」

「我不明白你的意思。」神林貴弘發言了。「爲什麼要從這個方向解析？我認爲應該朝誰能放入毒膠囊這條路來走才對。」

「事情並不是這樣的，要解開這次命案之謎，有必要追蹤所有膠囊的去向。其實剛才一直請教各位的用意，可以說主要就是爲了這一點。」

「我倒是認爲，把我們剛才的話綜合起來，答案只有一個。」駿河說。

「哦？」加賀回視駿河的臉。「什麼答案呢？」

「不必想得太難。既然你說少了兩個很奇怪，不妨就先懷疑這一點。換句話說，實際上有可能是這樣。」

駿河朝茶几伸出手，他的指尖將分開的兩個十圓硬幣和另外八個推到一起。

「原來如此，」我邊點頭邊說，「意思是說我說謊嘍。其實瓶子裡剩下十顆，其中三顆是我偷的，但是我說我只偷了一顆，然後把一顆沒有用到的毒膠囊交給加賀先生。另外兩顆已經用來殺害穗高先生了——你想這麼說是吧。」

「我只是說出唯一的可能性而已。難道除了妳，還有人能偷膠囊嗎？」

「有啊。」

「誰？」

我默默地指著他，他往後仰。

「喂喂，證明我只偷了一顆的不是別人，就是妳不是嗎。」

「仔細想想我能夠證明的是，應該剩下七顆的膠囊不知何時變成六顆，如此而已。」

「那不就夠了嗎。所以我只偷了一顆。」

「是當時只偷了一顆吧，又不見得只有那時候才偷。」

「妳說什麼？」駿河的眼睛往上吊。

「我進浪岡小姐的房間，是在你和穗高先生搬運完她的屍體之後。這就表示，那時你可能已經偷了膠囊。」

「妳是說，我偷了兩次膠囊？」

「看起來是這樣沒錯。」

「我幹嘛這麼做。」

「這我就不知道了。也許你從十顆裡先偷了兩顆，但擔心失手，後來又偷了一顆。」

「胡扯。」

「會嗎？我倒覺得，這和你懷疑我的根據，完全相同啊。」

「好，假設我就像妳說的，真的偷了三顆，其中一顆附在恐嚇信裡，放進神林先生的房間。換句話說，我把殺害穗高的任務交給神林先生。都已經這樣了，我何苦還要自己去碰膠囊？既然要自己動手，一開始就不會考慮到利用神林先生了。」

「這可能是個巧妙的詭計。你想出的是兩段式的計畫。簡單地說，就是考慮到神林先生可能沒有屈服於你的恐嚇，即使這個狀況發生了，穗高也會因爲你的設計而死。就像你剛剛說的，一般人會認爲一個已經打算利用神林先生的人，照理說不會再自己特地動手，所以你就可以免除嫌疑，這就是你的目的。」

聽了我的說明，駿河做出投降的姿勢。

「敗給妳了，虧妳想得出這種拐彎抹角的劇情。」

「我個人倒是認爲這是相當可信的推理。」

「假如眞的是這樣，我就當場自殺。因爲兩顆膠囊裡的其中一顆讓穗高吃下了，應該還剩一顆才對。」駿河拍拍自己的胸口說。

駿河直之之章

雪笹香織的胡謅讓我不禁腦充血。什麼叫從十顆裡偷走兩顆？事後再偷一顆？眞會編。

「謝謝兩位非常有意思的對話。」加賀插話。「我認爲兩位的說法都有可能成立。也就是說，依目前的狀況無法斷定誰是凶手。不，不僅是兩位，我們甚至可以說，任何人都可能是凶手。」

「我想，至少我的嫌疑已經洗清了。」神林貴弘說。「我不知道浪岡準子小姐的住處在哪裡，而且那個星期六我才第一次見到她，我也不知道她做了毒膠囊。我能拿到的，就只有附在恐嚇信裡的那顆膠囊而已。我已經交出那顆膠囊了，所以我想應該可以相信我是完全清白的。」

不知何時移動到他身後的神林美和子，似乎也同意哥哥的話點了頭。我也認爲神林貴弘的說法沒有破綻。

然而加賀卻沒有點頭。他皺起眉頭，搔搔太陽穴。

「很遺憾，事情沒有這麼簡單。」

「爲什麼？我沒有取得毒藥的機會不是嗎？」

加賀沒回答，不知爲何，朝向我說：

「您說裝著毒膠囊的瓶子是浪岡小姐所有，而您把瓶子連同屍體一起搬進房裡。」

「對。」我回答。

「您認爲她爲什麼要整瓶帶著呢？如果是爲了自殺，藥量也太多了。」

「當然是爲了想找空檔和穗高的藥瓶對調。」
「然而卻因爲幾位在場而放棄，是吧。」
「大概吧。」
「可是，」加賀說，「浪岡小姐會這麼輕易死心嗎？達成心願的可能性，也就是期盼穗高先生會和她一起死的念頭，即使十分渺茫，但她是否仍想留下一絲希望呢？」
「想歸想，辦不到只能認了吧！」雪笹說。「穗高先生把鼻炎藥瓶子交給美和子了。」
「確實是必須對整瓶調換死心。」
加賀的說法明顯別有含意。
「你想說什麼？」
「據美和子小姐說，到義大利餐廳前，穗高先生曾經來到這裡，打開置物櫃的抽屜，取出那個藥盒。」
因爲事實如此，我點點頭。其他人也一樣。
加賀繼續說：「當時好像發生一件小事。穗高先生以爲空了的藥盒，有兩顆膠囊。」
最先驚呼出聲的是神林美和子，我也倒抽一口氣。
「聽說美和子小姐勸穗高先生不要吃放久的藥，穗高先生便把膠囊丟進垃圾桶。就是這個垃圾桶。」說著，加賀大步走近置物櫃，拿起放在旁邊的垃圾桶。「然而垃圾桶裡卻沒有那些膠囊。明明應該沒有任何人碰過，卻消失了。可能性只有一個，有人趁機拿走了。」

「原來那兩顆膠囊是準子小姐放進去的……」我說，聲音啞了。
「這完全只是推理。」
「可是就算這個推理猜中了，也沒有人知道那裡面的膠囊是她放進去的啊。」
「是啊，如果沒人看到的話。」
「可不是嗎。那麼，你是說如果有人看到……」
說到這裡，我心頭一凜，看向一個人。
假如浪岡準子偷偷溜進這個客廳，那應該是我們在二樓的時候。
當時一樓只有一個人。
那個人——神林貴弘緩緩抬起頭，扭頭面向加賀。
「那天我是在這裡沒錯。你是說，我坐在沙發上，默默看著浪岡小姐自行進來，把東西放進藥盒裡嗎？」
「假如您在這裡，浪岡準子小姐應該是不敢進來的。她恐怕是趁您去上廁所離開時進來的，而從廁所回來的您，碰巧目擊她將東西放進藥盒裡。」
「虧你捏造得出這種事……」
「爲了讓各位了解這不是捏造，我就來告訴各位另一件事吧。」加賀掃視了一下所有人的臉之後這麼說：「關於另一件命案的事。」

雪笹香織之章

「另一件命案？」神林貴弘訝異地問。「什麼意思？這是什麼比喻嗎？」

「不，就是字面的意思，不是比喻。這次的命案當中，還有個生命被犧牲了。」

「你該不會是要說，」駿河結巴地說，「浪岡準子小姐是被殺的吧？」

「這眞是大逆轉啊。」加賀笑了笑。「不過不是的。她是自殺。」

「那麼……」

「關於另一件命案的情報，是由被害者的醫師告訴警方的。被害者送進醫院時已經氣絕身亡，醫師爲謹愼起見進行解剖，結果研判是硝酸番木鱉鹼中毒死亡，醫師認爲可能與命案有關，便與警方聯絡。」

「誰遇害了？我不記得在電視、報紙上看過這樣的命案啊。」我說。

「並不是發生在世界上的每一件事都會被報導。那是在各處都可能會發生的、不起眼而平凡的案子。但是，這件命案卻用了一顆毒膠囊。」

「既然發生了殺人命案，不是應該會有人報導嗎？更何況和穗高先生的命案有關。」

「我說的是，」加賀認眞地盯著我，「發生另一件命案，但沒有說是殺人命案。」

「咦？」

「神林先生即使取得浪岡準子小姐所準備的可疑膠囊，但無法知道裡面是不是毒藥，於是他便思考該如何確認膠囊裡是不是毒藥。如果是的話，效用又是如何？」

「希望你不要擅自揣測別人的行動。」本來語氣一直平穩有禮的神林貴弘，話鋒也忍不住尖銳起來。

「這不是揣測，是根據證據所做的推論。命案前一晚，神林先生走在路上，尋找能夠測試的目標，並且遇到了適合的犧牲者。可憐的被害者毫不知情，正愉快地在晚間散步，也許正想去會情人，也許是出遊後正在回家的路上。若不是遇見神林先生，應該可以一如往常渡過一個平安無事的夜晚。但是被害者遇見神林先生，而且巧妙地被騙吃下膠囊。硝酸番木鱉鹼效果驚人，被害者恐怕沒有經歷太多痛苦便死了。在附近一位好心的男性發現並將被害者送往醫院之前，被害者一直倒在路邊。當然，這時候神林先生已經離開了。」

說完之後，加賀不知爲何轉而面向駿河，低聲說了一句：「所以莎莉很幸福。」

駿河說「啊」般地張開了嘴，看樣子是有所領會。

「解剖被當成實驗對象的被害者胃部之後，毒藥是和什麼東西一起吃下去的，就很清楚了。神林先生，說到這裡，我想您應該可以了解，這些話並不是光憑揣測而來的。」

神林貴弘的手指在膝上交扣，他的手微微顫動，脖子上的血管也爆出來了。

神林貴弘之章

我只能說，那一瞬間，我著了魔。我是指當我目擊那名出現在院子裡的白衣女子打開置物櫃的抽屜，將東西放進藥盒的時候。

加賀刑警的想像力令人咋舌，他的話幾乎不需要補充。就像他所說的，我去上廁所，回到客廳時，從門縫窺見了一切。

我不知道她放的是不是毒藥。我想確認，而確認方法正如加賀刑警剛剛的推理。要是讓穗高誠吃下這顆膠囊——這個壞念頭占據了我的心。

「加賀先生，這樣我和雪笹小姐的嫌疑就洗清了吧？」駿河說。「現在已經知道消失的兩顆膠囊的去向了。也就是說，浪岡準子小姐製作的毒膠囊是經過誰的手、如何處理的，全都清楚了。我和雪笹小姐所偷的膠囊，最後沒有用到。接下來，就是警方和神林先生的事了吧？」

「我沒有殺人。我不是凶手。」

「當然啦，你一定會這麼說的嘛……」駿河的視線從我身上移開。

「請等一下，我的話還沒有說完。關於膠囊的數量，還有後續。」加賀說。

「還沒完？」雪笹香織皺起眉頭。

「這是最後了。先前的談話當中，雪笹小姐頭一次在浪岡小姐房裡看到瓶子時，剩下八顆膠囊應該是事實。雪笹小姐說從中拿了一顆，駿河先生說他也拿了一顆。但是這樣數量還是不對，少了一顆。」

「少了？怎麼可能？你之前不是說過房間裡剩下六顆嗎？」

「我的意思是，房間裡剩下的膠囊合計起來是六顆。」加賀狡猾地笑了。「剛才我也說過，還有一顆呈分解狀態的膠囊，包括那顆在內是六顆，因此瓶中所剩的是五顆。雪笹小姐，如果照妳的說法，妳偷走了一顆膠囊之後，瓶子裡應該會剩下六顆才對，所以後來又有一顆消失了。」

「怎麼可能……」雪笹香織說不出話來，那雙長長的眼睛望向駿河。「你……後來又回浪岡小姐的房間？」

「然後又偷了一顆毒膠囊？拜託妳別開玩笑了。我何必做那種事？」

「關於這一點，剛才雪笹小姐的說法可以直接拿來套用。」加賀說。「也就是說，計畫分成前後兩部分。您的計畫是，就算神林先生無法執行，您自己也可以動手。」

「什麼時候？我哪有機會下毒？」

「美和子從美容院到休息室那時候。」雪笹香織斷定般說。「包包放在美容院忘了拿。雖然才短短幾分鐘的時間，但你可能是那時候動手腳的。」

我也記得那個時候。我遇到從美容院出來的西口繪里，我記得是上午十一點左右。

「別開玩笑了。那時候我正在和穗高討論事情。討論完，我還在交誼廳待了一陣子。」

「和穗高先生討論？就是說證人已經不在人世了。」

駿河瞪著冷言冷語的雪笹。那尖銳的視線不久便移到加賀刑警身上。「就算有人又偷了一顆膠囊，辦得到的也不止我一個。你總該懂吧？」

「你是說我偷的？」

「我可沒這麼說。我是說妳和我一樣有可能。」

「我才沒有機會呢。」

「這可就難說了。」

「你什麼意思？」

「幫我送藥盒的那個服務生，說他把東西放在新郎休息室的入口。妳偷偷把內容物換掉也不是不可能。」

「我幹嘛做這種事！」

「妳一開始的盤算就是讓我去下毒，可是我卻什麼都沒做就把藥盒交給服務生了，所以妳連忙過去親自動手。」

「眞是夠了，虧你想得出這種天方夜譚。」

「是妳先開始的。」

駿河直之與雪笹香織互瞪許久，視線才終於離開對方。

但不久，駿河便哼笑出來。「眞是無謂的爭吵。根本沒必要去想我們兩個人哪一個是凶手，因爲明明還有一個人手上多了一顆毒膠囊。」說著朝我看。

「啊……就是嘛。」雪笹香織一副自己眞是粗心大意的表情，附和著面向我。

「剛才我說過了，我沒有機會對膠囊作手腳，所以你送來給我的膠囊我也用不上。」

「這種事誰曉得呢？也許有什麼盲點。」

「聽你在說。你才是兇手吧。」

駿河以尖銳的視線回應我的話。

凝重而沉默的時光流逝。美和子的啜泣聲逐漸變大，她痛苦地抱頭搖晃。

「我已經什麼都搞不懂了。兇手是誰都好，快告訴我是誰！」

兇手是誰都好……

這一刻，我心靈的視野彷彿像濃霧散去般打開了，在此之前無論如何都看不見的東西，突然明朗了。

原來如此。

對美和子而言，重要的並不是兇手是誰。親自查明殺害心愛未婚夫的兇手，這個事實才是最重要的。她相信當她做到這一點，她就能夠成爲一個像平常人一樣愛人的女人。

也就是說，她是在演戲。

這番演技，大概從更早之前——從她愛上穗高那一刻就開始了。

美和子過去只懂得不正常的愛，她想藉由飾演愛他的女人逃避過去的詛咒與枷鎖。

她愛的對象不是他也無妨。所以殺害他的兇手是誰都好。

就在這個時候，加賀以低沉但清晰的聲音說：「答案已經出來了，美和子小姐。」

所有人的視線都集中在他身上。「請告訴我。」美和子懇切地說。

「聽各位說了這麼多，究竟命案是怎麼發生的，我已經完全明白了。也就是說，拼圖已經完成了，現在只需要拼上最後一片即可。」

加賀將手伸進上衣的內口袋，然後取出一些東西。是三張拍立得照片。

「最後一片就在這當中。」說完，他把這些照片扔在茶几上。

每一張照片裡的東西，都可以說是這次命案中最重要的證據，所以加賀刑警也無法將證物隨身攜帶。那三件東西分別是美和子的包包、藥瓶和藥盒。

「這些算什麼？」我問。

加賀仍站著，指著照片。

「其實，照片裡的其中一樣東西有不明指紋，不是你們幾位的，也不是穗高先生的。辦案小組似乎將此解釋爲與命案無關的指紋。但是我發現，某個人應該是這個指紋的所有人，而我的推測沒有錯。其實一點也不令人意外，只不過是應該在上面留下指紋的人留下了指紋而已。聽了幾位的話，這個指紋的謎團也解開了。」

加賀指著照片的手指，緩緩舉起來。

「其他幾位大概完全不明白我在說些什麼。但是，應該有人，只有一個人，能夠理解我這番話的意思。而能夠理解的這個人，就是殺害穗高先生的凶手。」

加賀說：「凶手就是你。」

解說——寵物先生

尚待點睛的龍

衝不破的圍籬

身邊的推理小說愛好者，根據「入門」時的情形，大抵有兩種傾向：一種是純粹的故事閱讀者，他們將推理小說當成一般小說看待，看的是劇情的高潮迭起，與小說本身的文學性；第二種則是謎團求道者，這種人比起小說，更將焦點放在「推理」二字上，較追求解謎的趣味性，詭計的巧妙性，與眞相的意外性。當然隨著閱讀廣度拓展，讀者對類型有更多認知，評價作品的角度也會逐漸改變，原有的傾向便沒那麼顯著了。

我自己就是第二種讀者，也因此有段時間，我很熱中閱讀「猜凶手」的謎題書，如著名的《五分鐘推理》，儘管多半想不出解答，對於這種明確劃分「問題篇」與「解答篇」的形式，仍是欲罷不能。從本格推理入門的讀者，大抵都是如此吧？

只是接觸推理小說後，我發現自己的閱讀樂趣開始轉移。

小說畢竟不同於單一謎題，即使是奠基於謎團、詭計的本格推理，仍得具備基礎的角色、結構與劇情，才稱得上是作品。然而，當這些小說要素被彰顯，原有的解謎樂趣會不會就此黯淡？讀者正被劇情牽引著走時，要他們停下來「推理」，會不會是一種奢求？每個讀者都有自己的閱讀節奏，要求每個人讀到一半就要整理當下線索，好好思考眞相，無疑是打亂他們節奏——更何況是在不知道線索是否完整的情況下。

有些作家如艾勒里．昆恩，便想出「給讀者的挑戰書」，企圖應用謎題書「問題篇」與「解答篇」的形式，增強作品的解謎性。他們在故事中設置一道圍籬，讀者遇上便知道「作者希望自己停下來」。然而讀者是任性的，想知道解答，或是不在乎解謎的讀者才不會管這些，他們會直接衝破圍籬，直達故事終點。

於是聰明如東野圭吾便想出一計，他深知要讀者停下翻閱書頁的手，只能在小說結束的那一刻，便將「要讀者推理」的時間點直接設在故事結尾，但這個時間點還是位於「問題篇」與「解答篇」之間，如此一來，整部作品便看不見解答篇了——更進一步來說，得靠讀者自己去完成。

於是我們讀到東野的《誰殺了她》與本書《我殺了他》。

和製可倫坡的演進

相信有不少讀者發現了，本書與《誰殺了她》有個很大的不同——視點的改變。劇情由三位嫌犯神林貴弘、駿河直之、雪笹香織的自白交替敘述構成，開頭透過三人與死者穗高誠的接觸，建構謀害他的強烈動機，中盤安排突發轉折（死者舊情人浪岡準子的死亡、貴弘收到的神祕恐嚇信）以製造緊張感，後段加賀登場並揪出眞凶，頗有解謎小說「倒敘推理」的況味（雖然只有一人是凶手）。

這麼寫有個好處：可加深讀者對嫌犯的代入感，增強犯案動機說服力。然而對系列角色加賀恭一郎有所期待的讀者，可能會感到失望，畢竟加賀後半才出現，行事也似一般刑警作風，除了知道這段時期任職於練馬警署，其他關於身世、家庭等幾無著墨，不若《畢業》、《沉睡的森林》、《紅色手指》一般令人印象深刻。

攤開系列創作年表，這樣的寫法或許其來有自。本書出版於一九九九年，介於《惡意》與短篇集《再一個謊言》之間，在前作《惡意》時，東野已嘗試由犯罪者角度出發的寫法，《再一個謊言》雖出版較晚，但首部短篇〈冰冷的灼熱〉早在一九九六年便刊登於雜誌上，該短篇集的收錄作也都是採倒敘推理形式（每篇主述者雖不盡然都是犯人，卻都說了謊），甚至其中一兩篇漫畫化時，加賀還被喻為是「和製可倫坡」——儘管現在談到這稱號，大家都會想到田村正和飾演的刑警古畑任三郎。

因此或許可以說，這是東野在嘗試幾部作品後，所給予加賀的定位。雖是一般刑警，卻因爲讀者經常站在犯人（或共犯、心懷鬼胎的人）的立場，使得這個角色有了特殊性，每回讀者都會跟著主角緊張，擔心謊言是否被揭穿。這點到了《紅色手指》依然沒有改變，只是爲了主題性，東野深入描寫加賀與父親的互動，才讓讀者對他有更深的了解。

到了較爲近期的《新參者》，加賀仍是扮演後半才登場的「謊言拆穿者」角色，拍攝日劇時，製作人伊與田英德也表示：「希望能塑造日本人的可倫坡。」然而《新參者》更加入了在地化特色，使這個系列角色逐漸立體起來，有了現在「人情偵探」的形象。

最後的拼圖

筆者曾在《誰殺了她》的解說裡，將東野這種沒有解答篇的作品，比喻爲「未整除的除法文學」（延伸自土屋隆夫說法）——不是留有餘數，只是無法整除，得靠讀者完成剩下的步驟。這當然不是簡單的事，比起一般本格推理的寫作思維，在根本上有很大不同。

既然要讀者一同推理，難度須控制得宜，嫌犯不能太多（卻人人有機會），會提升複雜度的眞相（如共犯、搭便車殺人）應盡量避免。讀者對眞相的檢視必定更加嚴格，因此各環節的邏輯嚴密自不待言，最好所有線索都指向唯一解，以避免解答的爭議性。畢竟這不是「開放式結局」，而是「將解答抽掉的問題篇」。

承襲《誰殺了她》，本書《我殺了他》設計同樣周到。

讀者會發現，三人雖然對話時否認自己是凶手，卻又在第一人稱自述中暗示這樣的可能性——駿河與香織都道出「是我殺了他」的台詞（當然這裡的「殺」有可能是「間接害死」之意），貴弘收到恐嚇信，卻也沒說自己沒照做（直到結尾才表明），東野巧妙安排差不多的戲分，讓讀者的懷疑目光平均分至三人身上。

也因此，儘管加賀請神林美和子將嫌犯齊聚一堂，透過對話將大部分的可能性列出，十二顆毒膠囊的下落也循線一一追查，讀者卻還是遭遇了瓶頸——三人都有機會拿到裝有番木鱉鹼的毒膠囊，卻也「看似」沒什麼機會調包鼻炎藥（或該說人人有希望，個個沒把握）。事實上，加賀口中的「最後一片拼圖」，是根據他最後提供的線索，那個「不明指紋」才接上的，在此之前，不過是釐清一些細節罷了。

只要讀者想通**加賀指的是誰的指紋，留在哪一個物件上**，再對照前頭的描述便可鎖定嫌犯，有了人選，便可從**內文該人針對該物件的處理方式**找出下毒手法。

在前作《誰殺了她》，讀者尚需一段簡單的邏輯推論才能得到眞相，然而，本作若推敲作者的用意，最後根本不需倚靠邏輯，光憑加賀的提示就可一直線導向結論。也因此嫌疑人從二人增加到三人，難度並沒有提升多少，只要想通一個環節便呼之欲出。

若還是沒有頭緒，可以試著回想文中曾提過的人物，並仔細想想：**哪一位的指紋，警方才會認為是「不明指紋」？**相信你也會很快找到關鍵。作者已將龍的構圖畫好，就待諸位讀者「點睛」一番，請絞盡腦汁，幫本書完成最後的解答篇！

作者簡介／寵物先生：

本名王建閔，推理作家，台灣推理作家協會理事。先前認爲自己不敢學東野這樣寫，是因爲膽小怕讀者抗議，後來才想通——其實是自己無法處理得那麼精簡漂亮。

國家圖書館出版品預行編目資料

我殺了他／東野圭吾著；劉姿君譯. -- 二版. -- 台北市：獨步文化，城邦文化事業股份有限公司出版：英屬蓋曼群島商家庭傳媒股份有限公司城邦分公司發行，2024.03
面；　公分. --（東野圭吾作品集；34）
譯自：私が彼を殺した
ISBN 978-626-7415-10-8（平裝）

861.57　　112021501

東野圭吾作品集34 我殺了他

原著書名／私が彼を殺した
原出版社／講談社
作者／東野圭吾
翻譯／劉姿君
責任編輯／陳亭妤（初版）、詹凱婷（二版）
編輯總監／劉麗真
榮譽社長／詹宏志
發行人／何飛鵬
出版／獨步文化
城邦文化事業股份有限公司
115台北市南港區昆陽街16號4樓
電話：(02) 2500-7696　傳真：(02) 2500-1951
發行／英屬蓋曼群島商家庭傳媒股份有限公司
城邦分公司
115台北市南港區昆陽街16號8樓
客服專線：02-25007718；25007719
24小時傳真專線：02-25001990；25001991
服務時間：週一至週五上午09:30-12:00；下午13:30-17:00
劃撥帳號：19863813 戶名：書虫股份有限公司
讀者服務信箱：service@readingclub.com.tw
城邦網址：http://www.cite.com.tw

香港發行所／城邦（香港）出版集團有限公司
香港九龍土瓜灣土瓜灣道86號順聯工業大廈6樓A室
電話：(852) 25086231　傳真：(852) 25789337
E-mail: hkcite@biznetvigator.com

馬新發行所／城邦（馬新）出版集團 Cite (M) Sdn Bhd.
41, Jalan Radin Anum, Bandar Baru Seri Petaling,57000 Kuala Lumpur, Malaysia
電話：(603) 90563833 傳真：(603) 90576622
E-mail:services@cite.my

美術設計／蕭旭芳
排版／游淑萍
印刷／中原造像股份有限公司
□2024年3月二版　□2024年6月12日二版二刷
售價／420元

Printed in Taiwan

ISBN 9786267415085（EPUB）
9786267415108（平裝）